PL

Le secret de Cassandra

SUSAN STEPHENS

Le secret de Cassandra

Traduction française de
ISABELLE DONNADIEU

Azur

HARLEQUIN

Collection : Azur

Titre original :
BOUND TO THE TUSCAN BILLIONAIRE

HARPERCOLLINS FRANCE
83-85, boulevard Vincent-Auriol, 75646 PARIS CEDEX 13
Service Lectrices — Tél. : 01 45 82 47 47

www.harlequin.fr

ISBN 978-2-2803-5344-1 — ISSN 0993-4448

1.

Bottes aux pieds, Cassandra enfonça sa bêche dans la riche terre de Toscane, essuya les gouttes de sueur qui perlaient sur son front puis se redressa et sourit, comblée. Quelle chance elle avait eue de trouver cet emploi en Italie ! C'était le travail parfait. Elle adorait passer ses journées dehors, surtout ici, au soleil, à écouter le chant des oiseaux et le murmure cristallin de la rivière. Elle était tellement heureuse qu'elle était déterminée à profiter au maximum de son contrat de jardinier dans ce grand domaine, même s'il ne devait durer que quelques mois.

Les autres employés de l'équipe bénéficiaient d'une journée de repos le mercredi, alors elle était seule aujourd'hui, et savourait sa solitude. Elle s'imaginait être la châtelaine, vêtue d'une belle robe fleurie plutôt que de ses bottes boueuses, de son short élimé, et de son vieux T-shirt.

Quel soulagement de pouvoir profiter de ce calme, de cette paix ! L'ambiance ici était incomparable avec l'atmosphère bruyante et épuisante du supermarché où elle travaillait auparavant. Du moment qu'elle ne se retrouvait pas face au propriétaire des lieux, Marco di Fivizzano, un riche industriel italien, tout allait bien. Elle ne l'avait pas encore rencontré et n'était pas pressée de faire sa connaissance. A en croire les journaux, il était en effet aussi froid que le marbre de Carrare qui avait fait sa richesse.

En attendant, elle n'avait pas besoin de penser à lui.

Elle enfonça à nouveau sa bêche dans la terre. Pourquoi

croiserait-elle Marco di Fivizzano, de toute façon ? Il n'avait aucune raison de quitter sa vie trépidante à Rome en milieu de semaine pour venir dans sa maison de campagne. D'ailleurs, lorsqu'elle avait posé la question à Maria et Giuseppe, la gouvernante et l'homme à tout faire des lieux, ils s'étaient contentés de hausser les épaules. Apparemment, ils ne connaissaient pas son emploi du temps.

Cassandra se déplaça de quelques mètres et continua à préparer la terre pour ses semis. Travailler dur ne lui posait aucun problème. En revanche, s'habiller, se coiffer... Voilà le genre d'activité qui lui déplaisait.

Elle avait toujours été une rebelle, mais une rebelle calme, introvertie. Son dernier acte d'insubordination, et sans doute le seul, datait de l'école primaire quand, à sept ans, elle avait refusé de pleurer alors que la maîtresse l'avait fait monter sur l'estrade et avait demandé à tous les autres élèves de la huer. C'était l'idée de la directrice pour lui faire honte, le jour où ses parents avaient été arrêtés pour consommation de drogue. Elle était toute petite, à l'époque, mais suffisamment grande pour décider que jamais plus elle ne se laisserait humilier ainsi.

Elle avait relégué ce souvenir dans un coin de sa tête, mais, après toutes ces années, elle s'interrogeait toujours : pourquoi la directrice de l'école avait-elle accepté de l'inscrire si elle détestait à ce point ses parents ? Sans doute à cause de l'argent. Son regretté père, la rock star Jackson Rich, avait en effet les moyens de payer les exorbitants frais de scolarité. Malgré cela, pendant des années, les employés de l'école avaient passé leur temps à les dénigrer, lui, sa jolie épouse et elle, la fille calme et ennuyeuse qui n'était en rien responsable du style de vie de ses parents.

Stop. Pourquoi penser au passé ? Elle ferait mieux de profiter du soleil toscan.

Ce n'était pas difficile. Ses rayons filtraient à travers les feuilles et lui chauffaient la peau, tandis que le parfum des herbes aromatiques l'enivrait. La température était très douce pour ce début de printemps italien. Et dire que, quelques semaines plus tôt, elle passait ses journées dans les réserves du petit supermarché... Elle renaissait depuis qu'elle était arrivée ici. Elle vivait vraiment un rêve.

Elle ferma les yeux et sourit. Entre son ancien uniforme en synthétique qui la grattait et la tenue confortable qu'elle portait aujourd'hui, son choix était vite fait.

Elle aimait tellement s'occuper des plantes et des fleurs qu'elle avait supplié le directeur du supermarché de la transférer au rayon jardinage, lui promettant que les plantes ne mourraient plus jamais si elle s'en occupait. Pour toute réponse, il avait levé les yeux au ciel, avant de lui expliquer qu'il aimait les femmes propres, sans terre sous les ongles.

Le jour même, elle lui avait remis sa démission.

Elle s'essuya les mains sur son short, puis, satisfaite de son travail, sortit son téléphone de sa poche et prit une photo pour l'envoyer à sa marraine bien-aimée, cette lointaine parente qui l'avait recueillie à la mort de ses parents.

Outre son amour pour la nature, c'était l'envie de gagner vite un peu d'argent qui l'avait poussée à postuler pour ce poste. Elle rêvait en effet d'offrir à sa marraine un billet d'avion pour l'Australie, afin que celle-ci puisse aller rendre visite à son fils. L'idéal serait qu'elle puisse le lui donner pour son anniversaire, mais mieux valait ne pas rêver pour ne pas risquer d'être déçue.

Elle envoya la photo et la réponse arriva presque instantanément.

J'ai l'impression que tu passes un bon moment. Mais n'oublie pas de te nettoyer avant que qui que ce soit te voie ! Je t'embrasse.

Cassandra éclata de rire et, d'un geste de la main, repoussa une mouche avant de se redresser, perplexe. Le bruit qu'elle entendait n'était pas le bourdonnement d'un insecte. De quoi s'agissait-il, alors ? Elle avait l'impression qu'il était de plus en plus fort, de plus en plus métallique.

Curieuse, elle leva les yeux et aperçut alors un hélicoptère.

Son rythme cardiaque s'emballa au fur et à mesure que l'appareil approchait et descendait. Elle mit sa main au-dessus de ses yeux et tenta de voir qui était dans l'appareil. Elle ne voyait pas, mais ce n'était pas difficile de deviner, car une inscription en gros caractères FIVIZZANO INC. barrait le côté de la carlingue. Il devait s'agir du maître des lieux, pour reprendre l'expression de Giuseppe et Maria.

Pourtant, tout le monde était en congé, aujourd'hui. Voilà qui était étrange… A moins qu'il n'ait pas averti qui que ce soit de son arrivée.

De toute façon, ce n'était pas grave, il ne lui faisait pas peur. Elle garderait néanmoins ses distances, c'était plus prudent.

L'hélicoptère continua sa descente, tel un sinistre oiseau noir, chassant les pinsons et les tourterelles qui chantaient quelques minutes plus tôt.

La dernière fois que Cassandra avait rencontré quelqu'un qui voyageait en hélicoptère, elle était encore une petite fille et vivait avec ses parents.

Elle planta fermement sa bêche dans le sol. Ses mains tremblaient.

Bizarre.

La porte de l'appareil s'ouvrit enfin, et une silhouette grande et puissante apparut. Marco di Fivizzano était bien plus beau que ne le laissait penser la presse. Cassandra le trouvait si séduisant qu'elle demeura immobile quelques instants à le dévorer du regard, clouée sur le sol, comme hypnotisée.

Que lui arrivait-il… ?

*
**

Marco fronça les sourcils. Qui diable était cette personne dont il apercevait la silhouette ? S'il se souvenait bien, son assistante lui avait parlé d'un nouvel employé engagé pour renforcer l'équipe de jardiniers au printemps. Ce devait être lui.

Bon, Giuseppe et Maria devaient lui avoir expliqué les règles, à savoir que personne ne devait s'approcher de lui lorsqu'il séjournait dans sa maison de campagne. Il réprima un soupir : Maria et Giuseppe étaient en congé, aujourd'hui. Il avait été si pressé de quitter la ville qu'il n'avait pas réfléchi. Et maintenant, il allait devoir faire face à ce jeune homme.

Réprimant un juron, il avança dans sa direction. Il se demanda pourquoi on avait engagé un jeune homme aussi frêle et encore imberbe. Il fit quelques pas puis s'arrêta net.

Son employé venait de relever la tête…

Il portait des vêtements froissés, une casquette de base-ball cachant ses cheveux. Il avait des jambes fuselées, un corps magnifique comme un fruit d'été, des joues roses et… et une poitrine libre, moulée par un fin T-shirt de coton ! Le nouvel employé n'était pas un homme mais une séduisante jeune femme.

Le corps de Marco se réveilla instantanément ; sa curiosité s'aiguisa.

Avec sa casquette vissée sur sa tête, la visière descendue sur ses yeux pour se protéger du soleil, la jeune femme semblait ne pas se soucier de son apparence. Elle n'était pas aussi jeune qu'il l'avait cru au départ et n'avait pas l'air intimidée. Au contraire, même. Elle le regardait droit dans les yeux et semblait n'avoir peur de rien ni de personne.

— Qui êtes-vous ?

— Cassandra Rich. Votre nouvelle employée de jardin.

Rich… Son nom de famille lui rappelait quelqu'un. Qui ? Il l'ignorait. Il y réfléchirait plus tard.

Il plongea dans son regard bleu et tenta de lire en elle.

Elle était fraîche, intelligente. Elle était forte, aussi, il le voyait.

— Je suis ici pour quelques mois, ajouta-t-elle.

Très bien. Cela lui laissait du temps.

Du temps pour quoi ? se demanda-t-il. Désirait-il cette femme ? Peut-être. Elle ne ressemblait en rien aux femmes sophistiquées qu'il fréquentait habituellement. Elle semblait unique en son genre.

— Où sont les autres jardiniers ?

— Ils sont en congé pour la journée. Je suis restée pour creuser la tranchée et préparer les semis.

Elle repoussa une mèche de cheveux dorés derrière son oreille, attirant instantanément son regard. Il l'entendait mais ne l'écoutait pas, trop occupé à la dévorer du regard. Ses cheveux étaient-ils longs, sous sa casquette ? Il avait soudain envie de la lui retirer et de voir une cascade de boucles blondes descendre sur ses épaules. Il mourait aussi d'envie de l'agripper et de prendre possession de sa bouche, de l'embrasser jusqu'à perdre haleine… Il se força cependant à reprendre ses esprits.

— Vous pouvez vous occuper de toute la propriété toute seule ? demanda-t-il, sceptique.

— Je n'ai pas le choix, n'est-ce pas ? Du moins jusqu'au retour des autres.

— Non, vous n'avez pas le choix.

Etait-elle insolente ou simplement sûre d'elle ? Elle le regardait comme elle aurait fixé un insecte dans la vitrine d'un musée, comme une bête mystérieuse. Elle n'avait pas tort. Ils étaient en effet aussi différents que possible, d'un côté le milliardaire uniquement préoccupé par son travail et, de l'autre, une jeune femme sensuelle et naturelle qui réveillait ses sens.

Elle lui sourit. Marco était sous le charme. Il adorait la façon dont ses lèvres couleur framboise se retroussaient et dévoilaient des dents parfaites.

— Je ne suis pas aussi incompétente que j'en ai l'air, et je vous promets que je ne vous décevrai pas.

Tant mieux.

— Si vous étiez incompétente, vous ne seriez pas mon employée.

Il se retourna et prit le chemin de la maison. Il pensait être fatigué en arrivant ici mais, tout à coup, il se sentait parfaitement réveillé. Pourtant, cela faisait plus de vingt-quatre heures qu'il n'avait pas dormi — depuis qu'il avait signé un accord qui bénéficierait non seulement à sa société, mais aussi à tout le pays.

La nouvelle de son succès s'était vite répandue dans Rome, attirant autour de lui une multitude de jeunes femmes, telles des guêpes fondant sur une tartine de confiture. C'était pour cette raison qu'il avait décidé de quitter la ville. Evidemment, il aurait pu proposer à l'une d'elles de l'accompagner en Toscane. Elles étaient jolies et savaient à quoi s'attendre avec lui. Le problème était qu'aucune ne l'attirait.

Que désirait-il ? Il l'ignorait, mais en tout cas pas une de ces femmes, belles mais quelconques, dénuées de tout charme particulier.

— Puis-je faire quelque chose pour vous ? lui demanda la jeune femme derrière lui, le stoppant net dans son élan.

Parlait-elle d'une tasse de café ou bien d'autre chose… ?

— Non, merci.

Il ne désirait aucune compagnie. Du moins pour le moment. Le succès professionnel était la seule chose qui le motivait, qui le faisait avancer. La seule chose également qui éveillait son désir.

Il prit une profonde inspiration et s'emplit les poumons d'air pur. Quel soulagement d'être enfin ici ! Il avait passé trop de temps en ville, dernièrement, et il n'en pouvait plus. Ses affaires lui imposaient de passer ses journées en costume, dans des bureaux trop climatisés, alors qu'il ne rêvait de rien d'autre que de passer un peu de temps à l'air libre, dans sa propriété de Toscane. Niché au milieu des montagnes, ce domaine était son refuge, un lieu qu'il ne partageait avec personne — et encore moins avec un employé saisonnier.

— Rien du tout, vous êtes sûr ? insista-t-elle.

Il leva les yeux au ciel. Pourquoi le provoquait-elle ? Il se retourna au moment où elle écartait les bras, ce qui mit en valeur sa poitrine.

— Rien, merci. Remettez-vous au travail.

Passer du temps avec une femme le soulagerait sans doute, lui permettrait d'évacuer son trop-plein d'énergie, mais celle-ci était trop jeune, trop inexpérimentée. Il perdrait son temps.

Elle commença à le suivre. Marco serra les poings pour ne pas laisser la colère le gagner. Il n'avait pas besoin d'elle ; et même, elle le dérangeait. Elle n'appartenait pas aux lieux. De plus, rien ne lui garantissait que son sourire était aussi innocent qu'il le paraissait.

Une seule chose était certaine, cette fille était *différente*.

Cassandra réprima un frisson. Que lui arrivait-il ? Elle savait bien qu'elle devait garder ses distances avec Marco di Fivizzano et, malgré tout, elle le suivait, comme si ses pieds ne lui obéissaient plus, comme si une force mystérieuse la poussait vers lui. Pourtant, elle savait que c'était une mauvaise idée. Il appartenait au monde de luxe et de paillettes dans lequel avaient vécu ses parents et…

— Attention !

Elle était tellement perdue dans ses pensées qu'elle n'avait pas vu qu'il s'était arrêté et venait de lui rentrer dedans.

— Désolée.

— Vous n'avez vraiment rien de mieux à faire que de me suivre jusqu'à la maison ?

— J'ai terminé ma journée, alors je pensais que…

— Que je pourrais avoir besoin d'aide ?

Il la toisa comme si elle était un problème dont il ne voulait pas s'occuper. Comme s'il était curieux, également.

— Puisque vous êtes ici pour l'été, parlez-moi de vous.

Elle se figea net. Lui parler d'elle ? Que pouvait-elle lui dire ? Que *voulait-elle* bien lui dire ?

— Allez, insista-t-il en continuant à avancer. Commencez par me dire d'où vous venez.

Elle courut pour le rattraper.

— D'Angleterre. De la région des lacs.

— Je connais. Et votre famille ?

En entendant ce mot, les mauvais souvenirs remontèrent à sa mémoire, et son pouls s'accéléra. Elle ne voulait pas en parler, elle ne voulait même pas y repenser, surtout au jour où elle avait trouvé ses deux parents noyés dans la piscine de la maison, après une énième nuit d'ivresse et de débauche.

— Je vis avec ma marraine.

— Vos parents ?

— Morts tous les deux.

— Je vous présente mes condoléances.

— Ils sont morts il y a longtemps.

Dix-huit ans. Déjà dix-huit ans ? Elle n'en revenait pas. Elle était si jeune à l'époque qu'elle les avait à peine connus. En plus, elle n'avait pas beaucoup vécu avec eux. Elle était gardée par des nourrices différentes chaque fois que son père partait en tournée.

Ses émotions avaient disparu en même temps que ses parents, jusqu'à ce que sa marraine arrive pour la prendre dans ses bras et l'emmener dans sa modeste maison. Elle y avait grandi, entourée de l'amour de sa marraine et de la nature verdoyante, chatoyante, luxuriante.

Maintenant qu'elle y réfléchissait, peut-être s'était-elle cachée là-bas. Peut-être avait-elle fui la réalité. Cela expliquerait pourquoi un homme tel que Marco di Fivizzano lui donnait des frissons.

Avec bonheur, elle s'était fondue dans le cocon d'amour offert par sa marraine, mais, au fil des années, elle avait compris que quelque chose lui manquait. C'était pour cette raison qu'elle était ici, en Toscane. Elle avait eu besoin d'un défi, de sortir de sa zone de confort et de grandir.

— Vous avez de la chance d'avoir une marraine qui vous a recueillie, finit par répondre Marco en avançant à nouveau.

— C'est vrai.

La force de l'amour de sa marraine l'avait aidée à mûrir, jusqu'au jour où elle s'était sentie prête à quitter le nid. Sa bienfaitrice l'avait alors aidée à obtenir cet emploi en Italie.

Ils arrivèrent devant la porte d'entrée et elle s'arrêta.

— Entrez, fit Marco, qui avait sans doute perçu son hésitation.

Elle n'était jamais allée plus loin que la cuisine. Elle n'était même jamais entrée dans la maison par la porte principale. Sa chambre se situait dans l'annexe, de l'autre côté de la cour.

Elle savait que la maison était somptueuse et que Maria travaillait dur pour que les lieux restent propres ; or, elle était couverte de terre et de poussière. Elle ne pouvait décemment pas entrer. Et puis se retrouver seule, dans cette maison, avec cet homme… Impossible !

— Maria et Giuseppe sont en congé, aujourd'hui, bredouilla-t-elle.

— Et ? s'impatienta le maître des lieux.

— Je suis persuadée qu'ils vous attendaient et…

— Je ne paye pas mes employés pour qu'ils attendent.

Cassandra frissonna en entendant sa voix dure, sèche, impitoyable. Jamais elle n'avait rencontré un homme aussi malpoli et arrogant que lui. Il était donc hors de question qu'elle entre dans la maison.

— Maria vous a sans doute laissé quelque chose à manger dans le réfrigérateur.

— Puisque Maria n'est pas là, vous ferez très bien l'affaire. Lavez-vous et préparez-moi à déjeuner.

Elle rougit mais ne dit rien. Elle adorait ce travail, elle ne devait surtout pas l'oublier. Elle ne voulait à aucun prix le perdre, d'autant qu'elle avait besoin de son salaire pour offrir à sa marraine le voyage jusqu'en Australie. Mieux valait donc ne pas répliquer.

Heureusement, elle avait l'habitude de faire face à des clients mécontents au supermarché ; elle savait les gérer et prendre sur elle. Elle prit une profonde inspiration. Ce n'était qu'un homme comme les autres, après tout, non ?

Juste un homme comme les autres, vraiment… ? Elle allait devoir se le répéter à de nombreuses reprises pour ne pas l'oublier.

— Je ne suis pas une grande cuisinière.

Elle retira ses bottes.

— Faites ce que vous pouvez.

Dans ce cas, une omelette aux herbes devrait faire l'affaire, songea-t-elle.

Elle fit quelques pas dans l'entrée et demeura silencieuse, sous le charme des lieux. Elle avait l'impression d'être dans un château. La pièce était élégante, bien proportionnée, avec un haut plafond, des moulures, et de magnifiques tapis au sol. En partait un escalier en pierre, grandiose.

— Lavez-vous dans l'arrière-cuisine, lui ordonna-t-il, comme si elle était Cendrillon. Ensuite, préparez-moi mon repas.

— D'accord. Je vais cueillir des herbes fraîches pour…

Elle s'interrompit. A quoi bon parler, il ne l'écoutait plus. Il était déjà dans l'escalier.

Elle ne s'était pas trompée au sujet de Marco di Fivizzano. Il était discourtois et dénué de toute émotion. Il ne la voyait même pas ! Il avait faim et attendait qu'elle se plie en quatre pour le nourrir.

D'après les journaux à scandale, ce play-boy avait toujours faim, mais moins de nourriture que de sexe. Il fréquentait de nombreuses femmes, toutes plus belles les unes que les autres. Raison de plus pour se laver la figure avant de le revoir, même si c'était juste pour lui préparer à manger…

Débarbouillée, Cassandra ressortit dans le jardin et choisit quelques herbes bien parfumées.

Sur le chemin du retour, elle leva les yeux vers les fenêtres du premier étage. Marco était-il sous la douche en ce moment ? ne put-elle s'empêcher de se demander. Etait-il nu ?

Le sexe n'avait jamais été un problème pour elle, même si, dans la région des lacs, elle n'avait pas eu un grand choix d'hommes à sa disposition. Et ceux qu'elle avait choisis, elle les avait mal choisis. Ses petits amis l'avaient toujours déçue. Ils n'étaient pas méchants, non. Ils n'avaient juste rien fait pour exciter son imagination, ils ne l'avaient pas séduite.

Elle posa son couteau et se passa la main dans la nuque pour s'essuyer. Bon sang, elle transpirait ! Aurait-elle besoin d'une douche froide après avoir rencontré cet homme ? Pourtant, à côté des femmes qu'il fréquentait habituellement, elle faisait pâle figure. Alors que lui dégageait un charme animal et un incroyable charisme qui l'envoûtait, qui…

Stop ! Elle ferait mieux d'arrêter de rêver et de se mettre au travail. Elle avait une omelette à préparer.

Marco prit une douche glaciale pour tenter de se calmer. Ses sens avaient réagi de façon surprenante à la présence de la femme la plus étonnante qu'il ait jamais croisée.

Il leva les yeux au ciel et soupira. Il était vraiment ridicule !

Se forçant à se reprendre, il sortit de la douche. Il se sentait mieux, maintenant. Revigoré. Un bon repas, puis un corps à corps sensuel, voilà ce qui manquait à son bonheur. Il lui faudrait cependant plus qu'une jeune fille à la tenue négligée pour le satisfaire.

Il s'arrêta devant la fenêtre et regarda dehors. Elle était en train de couper des herbes dans le potager. Un geste tout simple, mais qu'elle accomplissait avec sensualité et un charme fou.

Peut-être l'avait-il repoussée un peu trop vite, finalement…

Cassandra se mit à battre les œufs avec autant de force que possible pour se défouler. Elle était nerveuse. Elle devait à tout prix se calmer avant le retour du maître des lieux. Hélas ! elle avait du mal ; des idées osées ne cessaient de l'assaillir.

Que lui arrivait-il ?

Elle essuya le plan de travail et repensa au jour où elle avait confectionné une omelette pour la première fois. Elle avait huit ans et mourait de faim, mais elle n'avait pas surveillé la cuisson… Après cet épisode, sa marraine lui avait heureusement donné quelques leçons de cuisine. Elle savait depuis qu'elle ne devait pas quitter la poêle des yeux si elle voulait avoir quelque chose à manger !

Elle avait perdu toute confiance en elle à la mort de ses parents. Heureusement, sa marraine l'avait reconstruite brique par brique, lui apprenant à cuisiner, à jardiner, à prendre soin d'elle. Ces activités étaient la base de tout, lui avait expliqué la vieille femme. Grâce à elle, elle avait appris à prendre du plaisir en regardant la vie s'épanouir.

Elle avait surmonté de nombreuses difficultés, alors elle parviendrait à faire face à Marco di Fivizzano. Rien de ce qu'il pouvait lui dire ne pouvait être comparé au désastre qu'était sa vie avant qu'elle trouve refuge chez sa marraine.

Elle servit l'omelette sur une assiette, puis la plaça sur un plateau avec une salade fraîchement cueillie.

Au même instant, Marco entra dans la cuisine.

2.

Marco était déterminé à traiter la nouvelle venue comme n'importe quelle employée, mais en la voyant penchée au-dessus de l'évier en train de nettoyer la poêle, le vertige le saisit et toutes ses résolutions s'évanouirent comme par magie. Elle était si belle…

Elle s'était changée et avait mis un T-shirt bien repassé, elle s'était aussi lavée — il voyait juste une petite trace de boue dans son cou. Une tache qu'il rêvait de nettoyer en promenant la main le long de cette nuque de ballerine…

— J'espère que cette omelette vous plaira.

Il se força à quitter des yeux son corps de déesse et à s'intéresser au plateau qu'elle avait posé sur la table.

— Où est le pain ?

— Je vais vous le chercher, monsieur.

Pourquoi lui parlait-elle sur ce ton, tout à coup ? Se moquait-elle de lui ?

— Appelez-moi Marco.

— C'cst un repas sans prétention que je vous ai préparé.

Cassandra s'écarta et regarda son compagnon s'installer à table. Sa tentative pour évacuer sa frustration en battant les œufs avait complètement échoué. Elle le trouvait encore plus beau qu'un peu plus tôt, encore plus sexy, plus ensorcelant.

Elle baissa les yeux pour vérifier que son T-shirt ne soulignait pas trop sa poitrine. Raté. Ses tétons étaient dressés contre le coton, comme s'ils le saluaient !

Lorsqu'elle l'avait aperçu pour la première fois, vêtu de son costume sur mesure, avec sa chemise impeccablement repassée, elle l'avait trouvé séduisant. Mais maintenant, avec son jean et son T-shirt moulant, elle le trouvait beau comme un dieu.

— Du pain ? lança-t-il d'un ton impatient.

Il était peut-être beau, mais il était surtout rustre. Pour qui se prenait-il pour lui parler de cette façon ? Elle n'était pas son esclave !

Elle attrapa le pain d'un geste rageur. Tout à coup, elle eut l'impression que l'immense cuisine était en train de rétrécir autour d'elle. Avec son incroyable charisme, Marco prenait toute la place. Elle avait de plus en plus de mal à respirer, elle étouffait, et la colère était en train de la gagner.

— Avez-vous mangé, Cassandra ?

Elle sursauta. Elle ne s'attendait pas à ce qu'il lui pose cette question. De toute façon, elle n'avait aucune intention de manger avec lui, il était bien trop désagréable.

— Je n'ai pas faim, mentit-elle — elle avait toujours faim quand elle travaillait dans le jardin. Je mangerai plus tard.

— N'oubliez pas de le faire. Vous êtes bien trop maigre.

Personne ne lui avait jamais dit qu'elle était maigre. Car elle ne l'était pas. En plus, elle adorait manger et refusait de se passer d'un bon repas juste pour pouvoir porter un pantalon une taille en dessous de la sienne. Et puis, maigre ou pas, il n'avait pas à lui faire une telle remarque. Elle avait bien envie de lui dire sa manière de penser ! Elle se retint néanmoins. Elle adorait ce travail, elle ne devait pas l'oublier.

Elle se força alors à respirer lentement pour se calmer.

Marco étudia la jeune femme du regard. Elle n'était pas parfaite et n'avait rien des femmes qu'il fréquentait à Rome. Malgré tout, il la trouvait belle. Très belle. Et surtout *vraie*. Contrairement aux femmes d'affaires et aux ambitieuses avec lesquelles il passait du temps, Cassandra était singulière. Un peu comme sa propriété, qu'il aimait autant pour ses qualités que pour ses défauts.

— Comment avez-vous trouvé l'omelette ? lui demanda-t-elle alors qu'il venait de manger la dernière bouchée.

— Délicieuse.

Il ne s'était pas rendu compte à quel point il avait faim avant de s'asseoir à table. Et, à présent, il voyait sa cuisine, illuminée par la présence de Cassandra, d'un œil nouveau et notait combien elle était différente de celle de son appartement romain, tout en marbre et acier.

Il reposa son regard sur son employée.

— Comment avez-vous obtenu cette place ?

— Grâce à une amie de ma marraine, qui est horticultrice.

— Qui vous a engagée ?

— Vous. Enfin votre…

Cassandra s'interrompit. Elle ignorait le nom de la personne et n'était pas à l'aise avec les fonctions.

— Mon assistante ? C'est la seule qui a le pouvoir d'engager quelqu'un en mon nom.

— Oui, c'est sans doute elle.

Elle répondait de façon machinale, sans réfléchir. Ou plutôt, sans être *capable* de réfléchir. Il lui avait suffi de croiser les prunelles couleur chocolat de Marco pour tout oublier et perdre tous ses moyens.

— Je n'ai pas encore vu votre CV, reprit-il. Quelles sont vos qualifications pour cet emploi ?

Elle n'en avait aucune, à part sa passion pour les plantes, les fleurs et la terre. Elle avait tout appris dans les livres, en particulier dans son préféré : *Le Jardin secret*.

— J'ai appris par moi-même.

— Parlez-moi de votre emploi précédent, demanda-t-il en repoussant son assiette.

— Je travaillais dans le supermarché de mon village.

— Et vos diplômes ?

Bonne question... Mal vue par les professeurs de son école de riches, elle n'avait jamais fait beaucoup d'efforts, et encore moins les jours d'examen.

— Je... Je n'ai pas de véritables qualifications.

Elle commença la vaisselle. Avec un peu de chance, Marco changerait de sujet de conversation. Le seul point positif était qu'il ne devait pas avoir fait le lien entre le scandale qu'avait provoqué la mort de ses parents et son nom de famille. Du moins, pas encore.

Pourquoi lui en parlerait-elle alors que lui n'avait rien dit de personnel ? Sans compter qu'un homme aussi puissant que Marco di Fivizzano n'avait besoin que d'un coup de fil pour tout apprendre d'elle. S'il était aussi intéressé, il pouvait enquêter. Rien ne l'en empêchait.

Elle se concentra sur sa tâche. Elle devait à tout prix se calmer. Mais comment se détendre ? Les questions qui l'assaillaient étaient bien trop nombreuses.

Comment réagirait un homme comme Marco en apprenant son passé ? L'histoire de la petite fille abandonnée dans cette grande maison déserte, ses parents morts noyés, des dizaines de bouteilles vides et de seringues dans le salon, avait fait les gros titres de la presse à l'époque. S'il découvrait qui elle était, il penserait sans doute qu'elle était ici par intérêt.

Il serait bien loin de la vérité.

Marco se leva et elle revint au présent. A son grand soulagement, il ne lui posa pas d'autres questions. Il sortit simplement de la cuisine, sans un mot ni un remerciement.

— Bon débarras ! marmonna-t-elle entre ses dents serrées.

D'accord, il se conduisait comme un mufle, mais bon sang qu'il était beau ! Maintenant que Marco di Fivizzano était arrivé en Toscane, une chose était certaine : elle ne s'endormirait plus en pensant à son livre de jardinage !

*
* *

Il avait mal dormi. En fait, il n'avait pas fermé l'œil de la nuit.

Marco se glissa dans son jean, détailla sa chambre du regard puis jeta un coup d'œil dehors. Les fenêtres de Cassandra étaient juste en face des siennes. Ce constat fit rugir le désir dans ses veines.

Il avait fait quelques recherches sur Internet, après le déjeuner. Et il avait compris pourquoi le nom de famille de Cassandra lui avait semblé familier : elle était la fille unique de la légende du rock Jackson Rich et d'un mannequin du nom d'Alexa Monroe.

Alors pourquoi travaillait-elle ? Qu'avait-elle fait de son argent ? Jackson Rich avait eu beaucoup de succès, elle avait dû hériter d'une grosse fortune. L'avait-elle entièrement dépensée ? A moins que son père soit mort ruiné par ses excès en tous genres ? Marco grimaça. Il ne ressentait aucune pitié pour les gens faibles, pour ceux qui succombaient aux paradis artificiels.

En attendant d'en savoir plus sur Cassandra, il allait lui accorder le bénéfice du doute. Après tout, peut-être n'avait-elle pas hérité de la faiblesse de ses parents.

En tout cas, si elle était intéressée par son argent, elle risquait d'être déçue. Il n'avait pas de place dans sa vie pour une nouvelle maîtresse. En plus, les femmes qu'il fréquentait savaient comment s'habiller, comment parler, comment se comporter, au lit et hors du lit. D'un seul regard, il avait décelé que Cassandra ne possédait pas ce genre de compétences. Sauf peut-être la dernière…

Il serra les poings. Il devait à tout prix arrêter de penser à elle. Il ne cherchait pas de relation durable. Il savait d'expérience que les femmes n'étaient pas dignes de confiance, et il n'avait aucune raison de changer d'avis.

Cassandra Rich était peut-être séduisante, mais il ne céderait pas à la tentation. Il était plus fort que cela.

*
* *

Cassandra ouvrit les yeux et essaya de se rappeler où elle était. La cour n'avait pas changé, la maison non plus, le parfum printanier qui parvenait jusqu'à elle depuis le jardin était le même que la veille, le chant des oiseaux était identique.

Néanmoins, tout avait changé. A cause de Marco. Elle fronça les sourcils. Il fallait à tout prix qu'elle oublie son patron, qu'elle se lève et se mette au travail.

Qu'elle *l'oublie* ? Cela lui semblait impossible. Et pourtant, elle allait l'oublier. Elle était bien décidée.

Malgré sa résolution, elle bondit hors du lit, traversa la chambre et regarda par la fenêtre pour voir si elle l'apercevait.

Que lui arrivait-il ? C'était la première fois qu'elle agissait ainsi. Ce n'était pas si étonnant, après tout. Elle n'avait pas croisé beaucoup d'hommes aussi grands, aussi séduisants, arrivant à bord d'un hélicoptère avant de lui ordonner de faire à manger. Mais lui, il l'avait fait. Et elle avait obéi. Gérerait-elle mieux la situation aujourd'hui ? Garderait-elle toute sa tête ou se conduirait-elle comme une idiote ?

Elle poussa le volet et l'aperçut, en train de traverser la cour. Seigneur… Elle le trouvait encore plus beau, encore plus sexy, encore plus dangereux. Ce matin, il avait relégué pour de bon son costume de ville au profit d'un jean moulant qui soulignait sa virilité. Il avait aussi retroussé ses manches, dévoilant la teinte dorée de sa peau et sa puissante musculature. Plus elle le regardait, plus elle avait l'impression que son corps n'était que muscles. Etait-il un athlète, au lit ?

Elle secoua la tête, en colère contre elle-même. Pourquoi diable se posait-elle cette question ? Elle n'avait pas le temps de fantasmer ! Elle avait du travail.

Elle s'éloigna juste au moment où il levait les yeux vers sa fenêtre. L'avait-il surprise en train de l'observer ? Avait-il un instinct animal, celui d'un prédateur ? Si elle voulait garder son poste, il allait falloir qu'elle soit prudente…

Une fois sa douche terminée, Cassandra s'enroula dans une serviette et resta plantée de longues minutes devant son placard ouvert. Elle n'avait pas apporté beaucoup de vêtements en Toscane : une robe d'été, quelques shorts, des T-shirts. Elle avait aussi pris deux jeans et une veste, au cas où les nuits deviendraient fraîches.

Pourquoi hésitait-elle sur sa tenue, ce matin ? Elle allait travailler au jardin, pas auditionner pour devenir la nouvelle conquête de Marco di Fivizzano.

Maria et Giuseppe étaient de retour et la saluèrent chaleureusement. Pendant le petit déjeuner, elle leur posa discrètement quelques questions. En vain. Ils en savaient autant qu'elle sur les projets de Marco pour les jours à venir. Giuseppe avait simplement entendu parler d'une visite dans les caves pour choisir les vins qui seraient servis lors d'une grande soirée à Rome.

Les jours passèrent, puis les semaines. Cassandra apercevait parfois son patron de loin, mais guère plus. C'était mieux, se dit-elle en ramassant ses outils. Ainsi, elle n'avait pas de pression. Elle se répétait régulièrement ces mots, comme pour s'en convaincre. Elle restait néanmoins en alerte, elle ne pouvait pas s'en empêcher : Marco di Fivizzano était un homme unique, qui l'attirait comme un aimant.

Pourtant, sa vie ne la regardait pas, ils n'avaient aucun point commun, aucune raison de se voir, et encore moins de discuter. Rien ne l'empêchait cependant de rêver. Les rêves étaient gratuits, sans danger — du moins tant qu'elle ne le voyait pas.

Au moment où Cassandra se disait cela, Marco entra

dans son champ de vision. Aussitôt, son rythme cardiaque s'emballa et sa température grimpa en flèche.

Il portait un costume et avait sorti sa Lamborghini. Avait-il un rendez-vous galant ? Elle se traita d'idiote : se poser ce genre de question ne menait à rien. Elle aurait tout de même aimé voir son visage, mais il portait des lunettes de soleil et ne regardait pas dans sa direction. Ce n'était pas plus mal. Elle n'avait aucune envie qu'il pense qu'elle était intéressée.

Elle se remit au travail et continua à creuser la tranchée destinée à protéger ses plantations en cas de pluie. Car même ici il finirait par pleuvoir, forcément.

Maria lui avait expliqué que même si la demeure était très ancienne et semblait indestructible, elle était vulnérable aux inondations. Le cours de la rivière avait bougé au fil des siècles, et représentait aujourd'hui le principal danger pour le domaine. La gouvernante lui avait aussi raconté que pendant la terrible tempête survenue deux ans plus tôt, des arbres avaient été déracinés et que la rivière était sortie de son lit, submergeant une grande partie du jardin.

Elle s'essuya le visage. L'atmosphère était lourde, aujourd'hui, mais la rivière était calme. Beaucoup trop calme, s'alarma-t-elle soudain. Et les oiseaux ne chantaient plus. Allait-il pleuvoir ?

Elle vit Marco lever les yeux vers le ciel de plus en plus sombre. Avait-il pensé à prendre un parapluie ? Non, vraisemblablement. De toute façon, les hommes comme Marco di Fivizzano n'étaient jamais mouillés, ils passaient toujours entre les gouttes.

La pluie ne mouillait que les pauvres filles comme elle…

Marco s'exhorta au calme, mais il ne parvenait pas à tenir en laisse ses sens déchaînés. Encore une fois, Cassandra Rich lui faisait perdre la tête avec sa silhouette de déesse maculée de boue. Aucune autre femme ne l'avait excité à ce point sans jamais le toucher. Sans doute parce que sa nonchalance et son charme naturel étaient uniques. Et combien de femmes étaient aussi à l'aise avec leur corps que Cassandra ? La voir ainsi manier la bêche le rendait fou.

Elle avait un corps magnifique, certes, mais c'était surtout une femme complexée, sans doute à cause de son histoire, de son passé. Il avait lu tous les articles de journaux publiés après la mort tragique de ses parents. Il savait donc à quel point elle avait été négligée, enfant, et combien la vie dissolue de ses parents avait dû l'affecter avant que sa marraine la recueille.

La presse s'était beaucoup interrogée sur les éventuelles séquelles dont elle aurait pu souffrir, alors il devait faire attention. Il tiqua, agacé. Depuis quand était-il un homme prudent ? Il n'était pas prudent ! Il était excessif, il était insoumis, il était fort !

Il fit rugir le moteur de sa Lamborghini, puis, incapable de résister à la tentation, jeta un coup d'œil en direction de Cassandra. Son T-shirt était tellement moulant qu'il avait l'impression qu'il avait rétréci au lavage.

Marco déglutit péniblement. Tout à coup, il mourait d'envie de déposer une nuée de baisers sur la peau laiteuse de la jeune femme. Il appuya sur l'accélérateur et se dirigea vers le portail. Plutôt que de fantasmer sur son employée, mieux valait penser à toutes les autres femmes qu'il pouvait séduire. D'ailleurs, pourquoi n'avait-il pas invité l'une d'elles à se joindre à lui en Toscane ? Les femmes qui savaient qu'il s'agissait de son repaire, ici, de sa tanière, étaient toujours désireuses de partager son lit.

Parmi ses maîtresses habituelles, certaines le faisaient rire ; d'autres parvenaient à le séduire le temps d'une nuit — rarement plus longtemps ; il avait même rencontré quelques femmes qui auraient pu faire des épouses parfaites. Mais aucune n'aurait été capable de creuser une tranchée dans le jardin — encore moins de transformer le jardinage en une activité érotique.

La peau de Cassandra luisait de sueur, comme si elle avait fait l'amour. A cette idée, son sexe durcit. La jeune Anglaise ferait-elle preuve d'autant d'énergie au lit ?

Sans doute…

A peine Cassandra s'était-elle demandé pourquoi Marco la fixait avec cette intensité qu'il démarra en trombe et s'éloigna dans un nuage de poussière. Et elle, pourquoi, l'avait-elle fixé… ?

Il voulait sans doute, en patron exigeant, vérifier qu'elle travaillait bien. De toute façon, c'était la dernière fois qu'elle regardait dans sa direction, se promit-elle. D'accord, c'était ce qu'elle s'était déjà juré la dernière fois, mais là, elle était sérieuse. Et motivée.

Hélas ! il suffisait que Marco pose les yeux sur elle pour qu'une vague de désir digne d'un tsunami l'emporte et qu'elle perde la tête. De nombreuses femmes fantasmaient sur des hommes qui ne leur convenaient pas, et rien ne se passait. Elle faisait pareil, rien de plus.

Marco di Fivizzano n'était qu'un fantasme, et il le resterait.

3.

Le mystère était résolu : Marco était juste sorti pour aller déjeuner avec le maire. Cassandra se sentait soulagée maintenant que Maria le lui avait appris.

Soulagée ? Quoi, elle serait jalouse ? C'était ridicule ! Non, elle n'était pas jalouse, elle était folle ! Elle ferait mieux de retourner travailler dans le jardin. Au moins, là, elle savait ce qu'elle faisait. Hélas ! elle ne pouvait pas. Pas tout de suite, en tout cas : elle avait proposé à Maria et Giuseppe de les aider à ranger la cuisine afin qu'ils puissent partir sans attendre en ville pour la fête du Printemps.

— Faites attention à l'orage ! leur lança-t-elle avant qu'ils sortent, une fois leur tâche commune accomplie.

Maintenant qu'elle était seule, elle allait pouvoir travailler tranquillement dans le jardin. Parfait, cela lui changerait les idées, se dit-elle en marchant sous un ciel de plus en plus noir.

Un éclair zébra soudain le ciel, puis les premières gouttes tombèrent sur son visage — de grosses gouttes. Elle ramassa ses outils sans attendre et se dirigea en courant vers la maison. Mieux valait ne pas prendre de risques en restant dehors.

Il pleuvait déjà si fort qu'elle était trempée lorsqu'elle arriva à la porte de la cuisine. Elle se débarrassa de ses bottes et, en chaussettes, se précipita dans l'escalier. Comme tous les employés étaient partis, il fallait qu'elle vérifie que toutes les fenêtres de l'étage étaient bien fermées avant que l'orage fasse rage.

En fait, il faisait déjà rage.

Tout à coup, Cassandra eut l'impression que tous les éléments étaient déchaînés et rugissaient. Plusieurs coups de tonnerre firent trembler la maison, de nouveaux éclairs zébrèrent le ciel. Elle prit une profonde inspiration pour rassembler ses esprits et son courage. Elle ne devait pas s'inquiéter, la maison tenait toujours debout et allait résister.

A l'étage, tout était bien fermé.

Elle redescendit et alluma la lumière. Voilà qui était mieux ! Tout s'éteignit subitement. Zut. Dans l'obscurité, elle trouva un interrupteur et l'actionna. En vain. Elle sortit son téléphone de sa poche. Aucun signal. La ligne fixe ne fonctionnait pas non plus. Tant pis. Elle se débrouillerait dans la pénombre.

Cassandra avança avec précaution. Soudain, elle sursauta et poussa un cri. Elle avait mis le pied dans une flaque d'eau glacée. Sans attendre, elle monta quelques marches de l'escalier. La maison avait résisté pendant des siècles et Marco l'avait rénovée dans les règles de l'art, elle n'allait donc pas s'effondrer, n'est-ce pas ? Elle était en sécurité. Elle n'avait aucune raison de s'angoisser.

Sauf qu'elle était seule ici. C'était donc à elle qu'il revenait de gérer les conséquences de l'orage. C'était à elle de protéger les lieux.

La nuit tomba brusquement au milieu de l'après-midi. Nul besoin d'être devin pour comprendre qu'un terrible orage se préparait.

Sans attendre, Marco présenta ses excuses au maire et quitta la réception. Il n'était pas le seul, de nombreux invités l'imitèrent. Tout le monde devinait que l'orage allait être terrible, peut-être même plus effroyable que la dernière tempête.

Sur le chemin du parking, il appela Maria et Giuseppe pour leur conseiller de rester en ville ce soir. Mieux valait éviter de se déplacer par ce temps. Ceux-ci l'informèrent que Mlle Rich ne les avait pas accompagnés à la fête. Ce qui voulait dire qu'elle était toujours à la maison, seule ; et peut-être en danger…

N'importe quelle autre femme aurait été ravie de quitter la maison le temps d'une soirée pour aller en ville, mais pas Cassandra. Elle était la seule employée de son domaine à être restée sur place alors que l'orage menaçait. Et maintenant, elle était livrée à elle-même.

Marco stockait des sacs de sable dans l'arrière-cuisine. Avec un peu de chance, elle penserait à les utiliser pour protéger la maison. Il possédait également un groupe électrogène pour faire face aux éventuelles coupures d'électricité.

Ce soir, le courant serait coupé, il n'avait aucun doute à ce sujet. Il leva les yeux vers le ciel. Les éclairs et les coups de tonnerre s'enchaînaient, de plus en plus proches. La pluie se mit soudain à tomber.

Il sauta dans sa voiture. Il n'avait pas une minute à perdre s'il voulait pouvoir traverser le pont avant que la route soit coupée.

Devant le pont, des hommes en uniforme lui ordonnèrent de faire demi-tour, mais il les ignora et traversa, déterminé, pressé. Dommage qu'il n'ait pas pris son vieux 4x4, capable de rouler sur tous les chemins. Si l'eau continuait à monter, il risquait de noyer le moteur de sa Lamborghini.

Il appuya sur l'accélérateur. Cassandra était seule, dans le noir, perdue chez lui. Elle était son employée, il était de son devoir de la secourir.

Au bout d'un temps qui lui parut interminable, il aperçut enfin la maison. Il avait déjà tant plu que l'eau arrivait au niveau du seuil de la porte. Il se gara, bondit hors de sa voiture et se précipita vers la maison. Il tourna la clé dans la serrure et poussa.

La porte refusa de s'ouvrir. Il donna un coup d'épaule. Aucun résultat non plus La maison était plongée dans l'obscurité. Il jeta néanmoins un coup d'œil à l'intérieur par la vitre. Aucun signe de vie.

Où diable était-elle ?

— Cassandra !

Il remonta son col et fit demi-tour.

Au moins, la tranchée qu'elle avait creusée empêchait l'eau de ravager ses plantations, un bon point pour la jeune Anglaise.

Il s'arrêta devant la porte de derrière, incrédule : elle était grande ouverte. Pourvu que Cassandra ne soit pas sortie seule par ce temps ! C'était dans ces circonstances que des gens mouraient foudroyés. C'était bien trop dangereux !

— Allez-vous continuer à rester planté là pendant longtemps ou allez-vous enfin vous décider à m'aider ?

Marco avança en reconnaissant la voix de Cassandra.

Elle était dans la cuisine, trempée, les cheveux collés sur le visage, un sac de sable entre les mains.

— Les bougies se sont encore éteintes, lui cria-t-elle en courant vers le hall d'entrée. Pouvez-vous fermer la porte et les allumer ?

— Laissez. Occupez-vous des bougies, je prends le sac de sable.

Il retira sa veste et la rejoignit au pas de course. Il la frôla et elle recula brusquement, comme si le contact entre eux lui avait envoyé une décharge électrique.

— Si vous voulez m'aider, attrapez donc un autre sac. Je crois que la rivière est sortie de son lit.

— Sans doute.

Il lui prit le sac des mains, le porta et le posa sur les autres — voilà donc pourquoi il n'avait pas réussi à ouvrir la porte de devant !

Il se tourna vers Cassandra. Elle était en train de rouler les tapis persans.

— Aidez-moi, nous serons plus rapides si nous le faisons à deux.

— Avez-vous déjà allumé les bougies ?

— Et vous, avez-vous déjà été poli ?

Surpris, il se redressa. Personne ne lui avait jamais parlé sur ce ton.

— Vous pourriez déjà commencer par me remercier, continua-t-elle d'un ton sec. J'essaye de sauver votre maison !

Il allait répondre quand le bruit du tonnerre le stoppa dans son élan. Un éclair illumina ensuite le ciel et, l'espace d'un instant, il lut la peur dans le regard azur de la jeune jardinière.

— Ne vous inquiétez pas, la rassura-t-il, vous êtes en sécurité.

— S'il ne s'arrête pas de pleuvoir bientôt, nous allons être engloutis. Tenez, attrapez ceci !

Elle lui tendit une serviette pour bloquer l'eau qui filtrait par les interstices de sa barricade.

Elle ne l'avait pas attendu, elle avait pris des initiatives. Marco était étonné, et surtout admiratif. Elle ne s'était pas laissé abattre.

— Alors ? Vous allez m'aider à rouler ces tapis oui ou non ? reprit-elle avec impatience.

Avec plaisir. Il voulait bien l'aider pour les tapis, et pour beaucoup d'autres choses bien différentes…

Dans sa précipitation, elle trébucha. Marco la rattrapa au vol, riva son regard au sien, et vit ses prunelles s'assombrir. Il constata qu'elle retenait son souffle. Pensait-elle qu'il allait l'embrasser ? S'il osait, se débattrait-elle ? L'embrasserait-elle en retour ?

A quoi bon se poser la question ? Il avait peut-être envie de l'embrasser, mais il ne céderait pas à la tentation.

Jamais.

Ils formaient une bonne équipe. Ensemble, ils travaillaient efficacement. Sans compter que Cassandra prenait un grand plaisir à regarder le bel Italien utiliser ses muscles.

— Je vais bouger les meubles pour que vous puissiez tirer le tapis dans la salle à manger, annonça-t-elle.

Avant qu'elle ait pu faire quoi que ce soit, il souleva le tapis roulé comme s'il était aussi léger qu'un sac de plumes. Elle lui ouvrit la porte et le laissa passer. Dans le mouvement, sa main effleura involontairement la sienne. Elle se raidit instantanément. Ils étaient bien trop proches à son goût. Quand il était aussi près d'elle, Cassandra avait l'impression que sa raison s'évanouissait et ne lui répondait plus.

— Vous avez bien travaillé. Je…

Elle s'interrompit tout net et recula. Quelle idiote ! En parlant ainsi, il devait penser qu'elle le considérait comme son assistant. Tant pis ! De toute façon, elle ne pouvait pas retirer ses propos. Il était trop tard pour s'inquiéter. Malgré tout, elle recula un peu plus, tandis que Marco posait le tapis.

— Où allez-vous ? demanda-t-il.

— Au lit. Nous avons fait tout ce qu'il était possible de faire ce soir, alors je vais prendre un bain pour me réchauffer.

— Vous allez prendre un bain dans le noir ?

— Où est le problème ? Je vais allumer quelques bougies.

Elle baissa les yeux vers la main de Marco, toujours posée sur la poignée de la porte. Allait-il l'empêcher de sortir ?

— On dirait que vous êtes pressée de partir.

Sa voix était à peine plus forte qu'un murmure. Cassandra frissonna.

— J'ai froid.

Elle croisa les bras devant sa poitrine pour tenter de se réchauffer. Il ne semblait pas convaincu mais, au moins, il retira sa main de la porte.

— Merci pour tout.

— Je suis vraiment frigorifiée, répéta-t-elle d'une voix plus forte.

Elle était pressée de prendre un bain. Elle était trempée, elle avait froid, elle était épuisée.

— Si vous pouviez remettre le courant avec votre groupe électrogène…

— Je m'en occupe. Avant de prendre votre bain, n'oubliez pas de rassurer votre marraine. Un orage aussi fort doit faire la une des informations dans toute l'Europe. Rassurez également les autres personnes qui pourraient s'inquiéter.

Il avait parlé comme si de rien n'était, mais Cassandra n'était pas dupe de sa petite manœuvre : elle devinait la véritable question qu'il se posait.

— Il n'y a personne d'autre. J'appellerai ma marraine dès que la ligne téléphonique sera rétablie.

— Vous êtes très attachée à elle.

Cassandra ne put retenir un sourire ému. Rien que de penser à elle, la gratitude l'envahissait.

— Ma marraine est la femme la plus fantastique du monde. Elle m'a recueillie quand…

— … quand vos parents sont morts.

Elle fronça les sourcils : comment était-il au courant ?

— Oui.

— Pourquoi l'avez-vous quittée pour venir travailler en Toscane ? demanda Marco.

— Tout simplement parce qu'il s'agissait du travail de mes rêves. En plus, je ne peux pas passer ma vie à ses crochets. Lorsque j'ai quitté mon dernier emploi, elle m'a trouvé cette opportunité, grâce à une de ses amies. Cela aurait été bête de ma part de ne pas en profiter.

Mais peut-être aurait-elle dû tout de même refuser, car plus son employeur la fixait, plus elle était nerveuse, et plus elle se sentait stupide.

— Bon, je... je vais prendre mon bain, bredouilla-t-elle.

Elle refusait de discuter de sa vie personnelle avec un étranger. D'ailleurs, elle en avait déjà trop dit.

Cassandra sortit presque en courant. Marco demeura immobile, impressionné par le calme et l'efficacité avec lesquels elle avait géré la crise. Décidément, cette jeune femme l'intriguait. En apparence, elle était ouverte et prenait la vie du bon côté ; certes, elle n'acceptait aucun ordre sans discuter, mais elle lui faisait cependant l'effet d'un vent frais.

Tout à coup, elle lui manquait. Il rêvait de la voir dans son lit. Il ne tenterait pas de la séduire, toutefois. Il ne couchait jamais avec ses employées.

Pour oublier son désir, il décida de se concentrer sur les questions pratiques.

Il alluma le groupe électrogène puis sortit avec force précautions dans le jardin pour vérifier les dégâts. Apparemment, les plantations de Cassandra avaient résisté, alors que des arbres plantés depuis des siècles avaient été déracinés. Peut-être devrait-il prolonger son contrat, si elle était aussi compétente...

Une fois de retour dans la maison, il vérifia que les sacs de sable stoppaient efficacement l'eau. Il n'en revenait toujours pas : les sacs pesaient très lourd et pourtant, Cassandra avait réussi à les porter seule.

Il se répéta qu'elle était la femme la plus étonnante, la plus déstabilisante qu'il ait jamais rencontrée, même si elle représentait tout ce qu'il fuyait d'habitude. Elle était jeune, naïve, mais elle ne s'arrêtait pas à leur différence de classe sociale, ce qui était un autre point qui lui plaisait. Trop de femmes le poursuivaient juste pour son compte en banque.

Cassandra Rich avait les pieds sur terre, elle ne tremblait pas. Si jamais une autre tempête se déclarait, il voudrait cette femme à ses côtés et non une de celles qu'il fréquentait habituellement.

Il monta à l'étage. Dans sa chambre, la fenêtre était fermée mais les volets ouverts. En face, la lumière était allumée dans la chambre de Cassandra. Alors, il l'aperçut et se figea…

Elle avait vu des photos, dans des magazines : Marco fréquentait des sirènes, des femmes au physique enchanteur avec lesquelles elle n'avait aucun point commun.

Rien ne l'empêchait néanmoins de profiter de son fantasme…

Peut-être était-ce à cause du fait qu'elle savait qu'un homme comme Marco était à proximité, mais, tout à coup, elle avait envie d'explorer sa sensualité. Elle avait envie de s'amuser ce soir.

Sans réfléchir, elle se mit à danser dans sa chambre en attendant que son bain soit prêt. Dans ses rêves, elle dansait pour lui et il se consumait de désir devant elle, même si dans la réalité, jamais il ne désirerait une femme travaillant comme jardinier.

Sans cesser de danser, elle jeta un coup d'œil par la fenêtre. La lumière de la chambre de Marco était éteinte et, Dieu merci, la pièce semblait vide.

Et s'il était caché dans l'ombre et l'observait ? Non. Il n'y avait personne, à part la lune. Elle pouvait donc continuer à danser tranquillement. Elle n'avait aucune raison de s'inquiéter.

Sous le charme, Marco regardait Cassandra commencer à se déshabiller. Elle retira son T-shirt et il aperçut les lignes enchanteresses de ses seins. Génial ! se dit-il, cynique. Il allait passer une nouvelle nuit blanche…

Elle laissa tomber son T-shirt au sol, puis libéra ses cheveux. Son épaisse chevelure blonde descendit en cascade dans son dos. Elle ouvrit ensuite son jean et se cambra, comme si elle présentait ses fesses rondes à son regard, comme si elle se déshabillait pour lui.

Instantanément, la température de Marco monta de quelques degrés. Le spectacle était magnifique, érotique à souhait.

Elle se débarrassa de son jean, et il retint son souffle. Si beaucoup de femmes avaient tenté de le séduire, aucune n'avait éveillé un tel désir en lui, aucune n'avait provoqué un tel tsunami de sensations exquises.

Cassandra promena les doigts sur ses seins, laissa ses mains fines s'attarder sur sa peau, serra les pointes offertes. L'érection de Marco devenait presque douloureuse. Il était hypnotisé par ce spectacle d'une sensualité sans bornes. Cassandra Rich l'avait ensorcelé.

Elle rejeta la tête en arrière, prit ses seins en coupe et les rapprocha l'un de l'autre, comme pour l'inviter à les sucer. Si elle continuait ainsi, il allait perdre la tête…

Elle glissa alors les mains le long de son ventre et descendit, toujours plus bas, jusque entre ses jambes. Marco bouillait, à présent. Cassandra semblait innocente, et pourtant elle était en train de le torturer. Elle ne s'embarrassait pas de minauderies, elle vivait ses fantasmes ouvertement.

Dio…

Cassandra stoppa net ses caresses. Seigneur, qu'était-elle en train de faire ? Avait-elle perdu la tête ? Elle n'avait même pas fermé ses volets !

Elle décida que son attitude n'était que la conséquence de l'orage. Elle avait juste évacué la tension accumulée pendant les dernières heures. Elle attrapa la serviette qu'elle avait sortie pour son bain et s'enroula dedans, puis se retourna pour vérifier que personne ne l'avait vue.

Les volets de la chambre de Marco étaient fermés. L'étaient-ils déjà lorsque son petit coup de folie avait commencé ? Elle ne se souvenait pas. Elle se souvenait juste que la chambre était dans l'obscurité.

Oui, ils devaient être déjà fermés. Elle n'avait aucune raison de s'inquiéter.

4.

Marco était tendu devant sa tasse de café, tout le contraire d'une Cassandra totalement décontractée. Comme tous les jours, elle souriait. Après sa démonstration d'efficacité pendant l'orage et son spectacle érotique, elle semblait sûre d'elle, confiante.

— Voulez-vous d'autres œufs ? lui demanda-t-elle.

— C'est bon, merci.

Il se concentra sur son assiette et tenta de refouler le souvenir envoûtant de son strip-tease.

— Mes compétences en cuisine sont limitées. Heureusement pour vous, Maria devrait être de retour dans la journée. Vous mangerez mieux ce soir.

La belle Anglaise se pencha pour poser la poêle dans l'évier et Marco admira ses fesses rondes, parfaitement moulées dans son short en jean. Il mourait d'envie de se lever, de la rejoindre, de plaquer son corps contre le sien, d'empoigner ses fesses d'une main et, de l'autre, de lui caresser le ventre, de vagabonder sur ses courbes ensorcelantes, de se perdre entre ses pleins et ses déliés.

— Une tranche de pain ? Encore un peu de café ?

— Non. Merci.

Elle se retourna et, comme par un coup de baguette magique, il oublia son petit-déjeuner. Il ne pensait plus qu'à son corps de déesse, à ses longues jambes galbées qu'elle nouerait autour de ses hanches pendant qu'il se glisserait en elle…

Elle se frappa soudain le front et leva les yeux au ciel. Marco sortit de sa rêverie érotique et revint à la réalité.

— Vous avez un problème ?

— Les pastilles !

— Je ne comprends pas.

— Nous n'avons plus de pastilles pour le lave-vaisselle.

Marco faillit éclater de rire. Ainsi, voilà à quoi elle pensait pendant qu'il la dévorait du regard ? Apparemment, son charme n'avait aucun effet sur elle. Elle le regardait à peine.

Marco di Fivizzano était en train de la rendre folle.

Dans le jardin, il faisait l'inventaire des dégâts provoqués par la tempête et ramassait les branches tombées. Il était torse nu et tenait une hache dans une main, comme l'un des héros de ses fantasmes.

Qui était vraiment cet homme ? Son patron était si riche et si puissant qu'il avait le pouvoir de dissimuler son passé, mais pas celui de faire taire la curiosité de Cassandra. Au contraire. Tout le monde avait une histoire intéressante, et elle mourait d'envie d'en savoir un peu plus sur lui, de gratter la surface pour découvrir ce qui se cachait dessous.

Elle sortit de ses pensées à l'arrivée de Maria, qui annonça à Marco qu'on le demandait au téléphone. Cassandra en profita pour travailler. Elle ne revit son employeur que quelques heures plus tard, dans la cuisine. Il semblait l'attendre.

— Nous devons parler.

L'inquiétude la gagna. Avait-elle fait quelque chose de mal ? Allait-elle perdre son emploi ? Elle ne pouvait pas se le permettre. Ce travail était parfait. Elle avait quitté la lumière à la mort de ses parents et ici, en Toscane, elle commençait enfin à sortir de l'ombre et à construire sa vie, son avenir.

— Venez dans mon bureau.

Son ton était froid. Très froid. La chair de poule envahit Cassandra et son angoisse augmenta. Elle le suivit néanmoins, en silence.

Une fois dans le bureau, elle regarda autour d'elle. La pièce était trop bien rangée à son goût. La décoration était sobre, impersonnelle. *Trop* sobre, *trop* impersonnelle.

Marco ne l'invita pas à s'asseoir. De toute façon, elle n'aurait pas été à l'aise, s'il l'avait fait.

— J'ai un problème. Et j'ai besoin de votre aide, Cassandra.

A moins qu'il veuille discuter des plantations ou de floraison, elle ne pourrait pas l'aider. L'avait-il vraiment fait venir dans son bureau pour parler jardinage ? Elle en doutait.

Il s'adossa contre son bureau, croisa les bras devant son torse et la fixa, l'étudia du regard comme si elle était un gâteau dans la vitrine d'un pâtissier et qu'il se demandait si elle allait satisfaire son appétit. Pourquoi la dévisageait-il ainsi ? Qu'il arrête ! Il la mettait mal à l'aise.

— Que puis-je faire pour vous ?

Il ne répondit pas tout de suite. Cassandra nota qu'il semblait plus détendu qu'à son arrivée en Toscane.

— J'ai besoin de vous à Rome, répondit-il enfin.

A *Rome* ? Elle ne pouvait pas aller à Rome. A moins que…

— Avez-vous un jardin là-bas ? demanda-t-elle, ravalant sa surprise.

Ce jardin était sans doute plus petit, mais elle pourrait s'en occuper, s'il le lui demandait.

— Cela n'a rien à voir avec le jardinage. J'organise chaque année une grande soirée caritative. Elle a lieu dans quelques jours.

— Je vois…

En fait, elle ne voyait rien du tout.

— Il s'agit d'un dîner. J'ai besoin qu'une femme m'accompagne, sinon la place à ma droite sera vide. L'autre organisatrice de la soirée était censée être ma partenaire pour la soirée, mais elle vient de m'annoncer qu'elle a un empêchement familial de dernière minute.

— Et donc la chaise à votre droite est vide, et c'est insupportable, c'est ça ?

— Elle ne l'est plus, puisque vous allez m'accompagner.

— Moi ?

Un sentiment d'horreur saisit Cassandra. Voilà exactement ce qu'elle cherchait à éviter depuis qu'elle était adulte ! Hors de question de participer à une quelconque soirée mondaine !

— Ne prenez pas cet air choqué, il n'y a aucune raison, je vous invite simplement à m'accompagner à une soirée.

Marco était perplexe, dérouté. Pourquoi la jeune Anglaise réagissait-elle ainsi ? N'importe quelle femme aurait été ravie de l'invitation. Or, celle-ci le fixait comme s'il l'avait invitée à une orgie romaine. Elle était blême.

— Une soirée caritative… A Rome…, balbutia-t-elle. Un dîner.

— Oui, c'est aussi simple que cela. Il vous suffit de dire oui. Vous aurez à votre disposition un styliste, un coiffeur, une manucure.

— Je… Vous vous moquez de moi ?

— Non, je suis sérieux.

Il n'en revenait pas de sa réaction ; il ne s'agissait que d'une simple invitation à dîner. Pourquoi hésitait-elle ?

— Non. C'est impossible. Je risque de marcher sur ma robe, de me cogner aux autres invités…

— Je ne l'espère pas.

— Vous êtes vraiment sérieux ? répéta-t-elle, comme s'il lui parlait une langue étrangère et qu'elle venait seulement de comprendre. Vous me voulez à vos côtés, à la table d'honneur d'un dîner mondain à Rome ?

— Oui. Combien de fois faut-il vous le répéter ?

— Je suis désolée, mais c'est impossible. Il y a aussi peu de chances que je porte une robe de soirée que vous, vous creusiez la terre avec ma bêche.

— Pour votre gouverne, sachez qu'il m'arrive parfois de jardiner. Evidemment, si vous n'êtes pas capable de…

— Je ne suis pas à l'aise en société, coupa-t-elle. Je me sens beaucoup mieux dans un jardin.

— Vous serez évidemment payée.

— Je serai… Combien ?

Elle semblait soudain plus intéressée. Marco lui donna un chiffre. Il la vit aussitôt poser la main sur le dossier du fauteuil, comme si elle avait le tournis. Presque toutes les femmes aimaient l'argent, alors elle allait accepter, il le devinait. De toute façon, il ne pouvait se permettre d'essuyer un refus.

— Que ferez-vous quand votre contrat se terminera et que vous rentrerez en Angleterre ? Reprendrez-vous votre travail au supermarché ?

— Pourquoi pas ? C'est un travail honnête, et je me suis fait de bons amis là-bas.

— Vous pouvez vous faire de bons amis à Rome. Certaines de mes connaissances possèdent de magnifiques jardins qui exigent attention et travail. Vous pourrez développer votre réseau pendant la soirée.

Pendant qu'il prononçait ces mots, elle hocha la tête. Apparemment, elle tergiversait. Parfait !

— Vous accepteriez de me présenter ? l'interrogea-t-elle.

— Peut-être pas moi, mais mes assistants pourraient le faire. Vous gagneriez de l'argent et vous feriez des connaissances. Je ne vois vraiment pas pourquoi vous hésitez encore.

— Je pense que…

— … que vous allez le faire.

— Si cela peut vous aider.

— Cela m'aidera.

— Le problème, c'est que je n'ai apporté qu'une seule robe.

— Ne vous inquiétez pas, je vous fournirai une robe.

— Je vous rembourserai, annonça-t-elle aussitôt.

— Non. La robe et les autres dépenses nécessaires feront partie de votre rétribution. Vous pourrez garder la robe après.

— Vous êtes vraiment sérieux ? s'exclama-t-elle, l'air abasourdie.

— Je suis toujours sérieux.

Cette fois-ci, elle allait accepter. Il avait confiance.

— J'ai besoin d'un peu plus de temps pour réfléchir.

— Impossible. J'ai besoin de votre réponse tout de suite. Alors, est-ce oui, ou non ?

Cassandra était paniquée. Elle allait faire son retour dans ce monde sophistiqué qui l'avait tant blessée dans sa jeunesse. Elle aurait bien voulu y échapper, mais elle n'avait pas pu refuser l'offre de Marco. La somme qu'il lui avait proposée ne serait pas de trop pour payer le billet d'avion pour l'Australie. C'était une opportunité en or de rendre à sa chère marraine tout ce que celle-ci lui avait apporté, une opportunité qui ne se représenterait sans doute jamais.

Pourquoi Marco l'avait-il invitée, elle ? Elle n'en avait toujours pas la moindre idée. En tout cas, il ne pourrait pas lui faire de reproches car elle l'avait prévenu : elle travaillait dans un jardin, elle n'était pas une habituée de ce genre d'événement. Et ce n'était pas une robe de grand couturier qui changerait cela.

Et puis il était trop tard pour s'en inquiéter, maintenant qu'elle se trouvait dans le hall de ce palace romain, accompagnée d'un des assistants de Marco.

Le directeur s'approcha d'eux et elle se raidit. Ses souvenirs de jeunesse étaient vagues, mais elle se rappelait tout de même avoir séjourné dans des hôtels de ce genre. Elle se souvenait également de son père et des nuées de femmes qui le suivaient. D'après les récits des journalistes de l'époque, son charisme les attirait comme un aimant. Le parallèle avec Marco était tentant…

— Bienvenue *signorina*, lui lança le directeur avec un sourire poli. J'espère que vous êtes heureuse d'être chez nous.

— Oui, merci, mentit-elle.

— Je vais vous laisser maintenant, fit l'assistant de Marco en la saluant. Vous avez quelques minutes pour vous installer avant que votre équipe n'arrive.

— Mon équipe ? s'étonna-t-elle en écarquillant les yeux.

Trop tard, l'assistant était déjà parti. Perdue, Cassandra se tourna vers le directeur. Son visage était comme un masque de pierre, dénué de toute expression. Que devait-il penser d'elle, vêtue d'une robe informe, mal coiffée ?

— Suivez-moi, *signorina*, dit-il. Ne vous inquiétez pas, votre robe sera livrée très vite. Un coiffeur viendra ensuite s'occuper de vous, ainsi qu'un maquilleur.

Au dernier étage, il ouvrit une double porte et invita Cassandra à entrer.

Elle resta bouche bée. La suite était deux fois plus vaste que la maison de sa marraine. De grandes baies vitrées surplombaient Rome, offrant une vue à couper le souffle. Arriverait-elle à en profiter ? Elle ne pensait qu'à Marco.

Elle croisa son reflet dans le miroir et réprima un soupir. Que faisait-elle ici ? Elle n'était pas la personne adéquate pour une soirée mondaine, même vêtue d'une robe de grand couturier. Dès qu'il la verrait, Marco comprendrait qu'il avait fait une erreur. Il faudrait plus que quelques coiffeurs et maquilleurs pour la transformer.

Il faudrait un miracle.

En plus, quel homme dépenserait une somme aussi importante pour une femme sans attendre la moindre contrepartie ?

Elle sursauta en entendant frapper à la porte. Rassemblant son courage, elle ouvrit. Sans même la saluer, trois jeunes hommes entrèrent.

— Où est-elle ? lui demanda le premier, un jeune homme dont la coiffure ressemblait à une banane violette.

Il se tourna vers elle et la dévisagea, comme pour étudier tous ses défauts. Il avait l'air horrifié.

— C'est vous, mademoiselle Rich ?

— Je suis désolée, bégaya-t-elle.

Elle se força à sourire, mais l'homme à la banane ne riait pas. Au contraire, il leva les yeux au ciel.

— Bon. Je suis Quentin. Voici Nigel et Arturo. Mettons-nous tout de suite au travail. Nous avons beaucoup de pain sur la planche.

— Qu'allez-vous faire ?

— Ce que nous pouvons.

Cassandra baissa la tête. Désormais, son destin ne lui appartenait plus.

5.

— Allez, ma chérie, souriez ! lança Quentin. Vous n'avez aucune raison d'être inquiète : Marco va être très content.

Il lui prit les mains et Cassandra sourit. Il avait finalement réussi à la détendre. A sa grande surprise, elle avait passé un bon moment avec les trois garçons. Ils avaient même réussi à la faire rire. Chaque fois qu'elle leur avait fait part de ses doutes, de ses angoisses, ils lui avaient remonté le moral. Quentin avait tout de la bonne fée de Cendrillon.

— Vous êtes une véritable beauté ! affirma-t-il.

— Pourquoi ai-je du mal à vous croire ?

— Je n'en ai pas la moindre idée, ironisa-t-il, théâtral. Nigel ? Le miroir, s'il te plaît.

Cassandra regarda son reflet et resta interdite, sous le choc. Elle n'en revenait pas. Etait-ce bien elle ?

— Dites quelque chose, ma chérie, s'impatienta Quentin.

Elle ne pouvait pas, l'émotion était trop forte et lui nouait la gorge. Ce n'était pas elle qu'elle voyait dans ce miroir, mais sa mère ! Celle-ci avait-elle parfois eu le même sentiment qu'elle, l'impression d'être une poule qu'on préparait pour le festin ? Elle savait que sa mère avait tout fait pour garder son père, conserver son attention face à la compétition féroce des jeunes groupies prêtes à tout. Elle avait dû se sentir si démunie…

— Vous allez bien ? demanda timidement Nigel.

Cassandra se reprit.

— Oui. Oui, je vais bien, merci.

Quentin et son équipe avaient vraiment fait des miracles.

— Je ne pourrai jamais assez vous remercier, ajouta-t-elle.

— Je ne peux pas dire que cela a été facile, mais je suis un génie, pérora Quentin avec humour. Rien ni personne ne me résiste !

Où diable était-elle ?

Marco en avait assez d'attendre. Il jeta un coup d'œil à sa montre puis un autre en direction de la porte. Une centaine d'invités était déjà présents dans son appartement, prêts à participer aux enchères et à donner de grosses sommes d'argent aux associations caritatives partenaires de la soirée.

Il tâcha de se calmer. Il n'avait aucune raison d'être inquiet. Cassandra ne serait pas en retard, son équipe veillait sur elle.

Pourtant… Si seulement elle pouvait arriver vite ! Le dîner allait bientôt commencer, et il était impensable que la place voisine de la sienne reste vide.

Soudain, les invités s'arrêtèrent de parler. Tous les regards s'étaient tournés dans la même direction. Marco fit de même. Alors, il la vit…

Son esprit se vida, sa gorge s'assécha. Dieu qu'elle était belle ! Une vraie princesse. Elle lui adressa un sourire qui illumina toute la pièce et donna un coup de fouet au rythme cardiaque de Marco. Elle souriait, mais il voyait à son regard qu'elle était inquiète. Derrière la façade, il devinait qu'elle était mal à l'aise.

— Enfin, lui murmura-t-il lorsqu'elle le rejoignit.

Elle lui tendit la main.

— Bonsoir à vous aussi. Excusez-moi pour le retard, vos bonnes fées ont eu plus de travail que prévu.

Il admira son honnêteté.

— J'en doute.

— Ce genre de transformation nécessite beaucoup de temps. Etes-vous au moins satisfait ?

La sublime princesse qui lui faisait face semblait attendre son approbation. Approuvait-il ? Oui. A tel point qu'il avait envie que tout le monde quitte les lieux pour qu'il puisse être seul avec elle.

— Suis-je assez jolie ? insista-t-elle, l'air vraiment inquiète.

— Evidemment ! Quentin ne vous aurait jamais libérée s'il n'avait été satisfait.

— Vous avez sans doute raison.

Elle laissa échapper un petit rire et lissa sa robe. Marco se dit que son styliste méritait une prime : il avait vraiment choisi la robe parfaite pour Cassandra. Cette teinte de bleu faisait ressortir la couleur de ses yeux. Son décolleté était moins profond qu'il l'aurait voulu, soulignant ses trésors plus qu'il ne les révélait. Malgré tout, cette robe était beaucoup plus provocante qu'il l'avait pensé au premier regard. Elle était même tellement moulante qu'elle semblait être sculptée sur le corps de rêve de sa déesse anglaise.

Et sa coiffure… Ses cheveux flottaient dans son dos, comme une cape dorée sur son dos dénudé jusqu'au creux envoûtant de ses reins.

— Asseyons-nous, proposa-t-il.

Il l'entraîna vers la table et lui tira son siège. Il était déterminé à tout faire pour qu'elle soit à l'aise ; et surtout désireux de la tenir éloignée des autres hommes…

Marco avait fait appel aux meilleurs chefs de Rome. La nourriture était délicieuse, pourtant Cassandra s'était contentée de picorer. Au fur et à mesure de la soirée, elle s'était néanmoins détendue et avait charmé ses invités.

Jamais il n'avait eu une telle compagne de dîner auparavant. Généralement, celles-ci attendaient qu'il lance la conversation ou les présente. Cassandra se contentait d'être elle-même, souriante, avenante. Elle avait conquis un diplomate d'habitude coincé et l'aristocrate le plus chic de la tablée.

— Vous avez à peine mangé, lui fit-elle remarquer.

— J'étais trop occupé à vous regarder.

Ses joues s'empourprèrent. Gênée, Cassandra se tourna pour répondre à une question du convive situé à sa droite. Marco la regardait d'une façon qui éveillait tous ses sens. Son regard était si brûlant qu'elle avait même du mal à se souvenir de la raison de sa présence — à savoir combler une place vide à table… D'un jardin toscan jusqu'à une soirée romaine : elle n'en revenait toujours pas.

— Voulez-vous danser ?

Cassandra faillit s'étrangler. Quoi ? Avait-elle bien entendu ? Marco di Fivizzano l'invitait à danser ? Seigneur… Elle possédait deux pieds gauches et un sens du rythme digne de celui d'un hippopotame. Elle ne pouvait pas danser. Surtout pas avec *lui*.

— Je vous ai demandé si vous aviez envie de danser, insista-t-il. Et plus précisément si vous m'accorderiez cette danse. Vous savez danser, n'est-ce pas ?

— J'ai déjà dansé, oui… Mais seulement toute seule.

— Nous sommes les seuls encore à table, fit-il remarquer.

— Vous avez peur des ragots si vous ne dansez pas avec moi ?

Il fronça les sourcils. Il semblait surpris par sa remarque. Apparemment, il n'était pas inquiet de la réaction des invités, elle seule l'était. Sur la piste de danse, des femmes en robe longues tournoyaient au bras de leurs cavaliers. Que diable faisait-elle ici, à cette soirée, avec Marco ? Que penserait sa mère si elle la voyait ? Hélas ! Cassandra n'avait pas suffisamment connu celle-ci pour le savoir.

— Contentez-vous de dire oui, ordonna Marco en se levant.

Comme dans un rêve, elle le suivit jusqu'à la piste. Il lui prit la main, qu'elle serra nerveusement. Elle avait l'impression qu'elle allait s'évanouir. Son comportement était ridicule ! Il ne s'agissait que d'une soirée sans conséquences, sauf celle de gagner un peu plus d'argent.

— Détendez-vous, lui murmura Marco dans le creux de l'oreille, la faisant frissonner. Je ne peux pas danser si vous êtes aussi raide.

— Raide ou pas, je ne peux pas du tout danser avec vous !

Non, Cassandra ne pouvait pas danser avec un homme qui éveillait de tels sentiments en elle. Elle allait trébucher, ou marcher sur sa robe, ou tomber ; bref, il était inévitable qu'elle s'humilie.

— Je vais mener, affirma Marco. Contentez-vous de me suivre.

Il plaqua son corps contre le sien et elle se laissa aller. Peu à peu, la musique la calma, l'apaisa et lui rappela les jours heureux passés en Toscane.

Finalement, ce n'était pas difficile de danser avec Marco. Il suffisait d'arrêter de réfléchir.

— Vous êtes une bonne danseuse, lui dit-il après le troisième morceau. Vous devriez danser plus.

Pourquoi pas, mais avec qui ? Et où ? Marco ne suggérait tout de même pas qu'elle danse avec lui, si ?… En tout cas, jamais plus elle ne danserait avec un homme. Après cette expérience, elle serait forcément déçue.

Cette soirée qu'elle avait tant appréhendée était en train de devenir un rêve. Cassandra était déterminée à en profiter, car jamais plus elle ne vivrait une telle opportunité.

L'ambassadeur les rejoignit et demanda à Marco s'il pouvait danser avec elle.

— Il serait malpoli de ma part de garder Cassandra pour moi, répondit-il avant de se tourner vers elle : Cela vous gêne-t-il si je permets à Son Excellence de danser avec vous ?

— Si vous lui *permettez* ? murmura-t-elle pour n'être entendue que de lui. Vous êtes culotté !

L'homme devait avoir l'ouïe fine, car il éclata de rire.

— J'ai l'impression que cette jeune femme vous connaît bien, Marco.

— Je serais ravie de danser avec vous, déclara-t-elle, faisant fi de sa gêne.

Tandis que l'ambassadeur l'entraînait dans une valse, elle jeta un coup d'œil discret vers son patron. Il la regardait. Elle n'aurait pas dû, mais elle ne pouvait s'empêcher de s'en réjouir.

Marco avait libéré Cassandra à contrecœur. Maintenant qu'elle dansait avec l'ambassadeur, la sensation de son corps de déesse contre le sien lui manquait. Il payait cette jeune femme pour qu'elle soit ici, il ne devait ni l'oublier ni se faire des idées. Il ne s'agissait pas d'un rendez-vous galant.

D'un autre côté, rien ne l'empêchait de profiter de sa compagnie pendant qu'ils étaient à Rome.

Un jeune homme, debout au bord de la piste, braquait un regard prédateur sur Cassandra, guettant vraisemblablement la fin du morceau pour l'inviter. Marco se raidit, tous les sens en alerte. Il avait accepté qu'elle danse avec le vieil ambassadeur, mais là, il devait intervenir. Peu lui importait si le diplomate lui en voulait, Cassandra venait avec lui ; tout de suite.

— Excusez-moi, Excellence, la vente aux enchères va bientôt commencer.

— Je comprends, répondit l'ambassadeur en tournant la tête vers sa cavalière. J'espère vous revoir prochainement, ma chère. J'ai passé un très bon moment avec vous.

— Moi aussi, je vous remercie.

Marco accompagna Cassandra à la table, où ils se réinstallèrent.

— Il y a de belles choses en vente, lui dit-elle avec enthousiasme.

— Avez-vous vu quelque chose qui vous plaît ?

Pourquoi ne placerait-il pas des enchères pour elle ? songea-t-il C'était la moindre des choses : après tout, elle l'avait sauvé en acceptant de l'accompagner.

— En fait, oui, admit-elle d'une voix timide.

— Dites-moi tout.

— J'ai vu une jolie petite aquarelle signée Hockney. Si j'étais riche, je l'offrirais à ma marraine. Mais il ne s'agit que d'un rêve, je sais bien que de telles œuvres valent très cher.

N'importe quelle œuvre signée de David Hockney valait une fortune, en effet. Une partie de lui avait envie de l'acheter pour elle, mais que penseraient les invités ?

Oubliant ses interrogations, il posa la main sur la sienne, sans réfléchir. Il n'était pas habitué aux gestes tendres, mais Cassandra le transformait, semblait-il…

6.

Cassandra s'adossa contre un mur, un peu à l'écart, pour pouvoir observer la soirée sans être vue.

La vente aux enchères était terminée et tous les invités s'étaient levés de table. Les plus âgés étaient même partis. On bougeait et discutait autour d'elle comme si elle n'existait pas. Les invités auxquels elle avait parlé au début de la soirée l'ignoraient à présent. Que diable faisait-elle ici, dans ce monde auquel elle n'avait aucune envie d'appartenir, ce monde où les gens disaient une chose et en faisaient une autre, où seule l'apparence comptait ? Sa présence ici était une erreur.

— La fille dans la robe bleue assise à ma droite à table ? Ce n'est personne.

C'était la voix de Marco… Ainsi, elle n'était *personne* ? Sous le choc, elle blêmit. Il n'avait pourtant pas tort : elle n'était personne comparée aux invités riches et influents présents ce soir. Elle n'était qu'une horticultrice amateur qui avait accepté un emploi saisonnier dans la maison de campagne de Marco di Fivizzano, une jeune femme sans diplôme qui retournerait travailler dans le petit supermarché de son village lorsqu'elle rentrerait en Angleterre.

Au moins, grâce à Marco, elle ne risquait pas d'oublier qu'elle n'avait rien en commun avec qui que ce soit, ce soir. Dire qu'elle avait cru que la soirée serait l'occasion idéale pour développer son réseau… Quelle idiote elle était ! Elle s'était vraiment fait des illusions.

Marco avait raison, elle n'était rien. Malgré tout, ses mots lui faisaient mal. Même s'il les pensait, pourquoi les dire ? C'était grossier et insultant. Aussi grossier et insultant que de l'abandonner au milieu de gens qu'elle ne connaissait pas et qui n'étaient guère enclins à discuter avec elle. A cause de l'attitude de Marco, et à sa réflexion humiliante, elle avait perdu toute confiance en elle.

Lasse, elle s'enferma dans la salle de bains et fixa son visage dans le miroir. Elle ne reconnaissait pas la femme qu'elle voyait. Elle était trop maquillée. Elle ressemblait à une actrice.

Une actrice... Les actrices jouaient des rôles et, ce soir, elle jouait bel et bien un rôle. Mais rien ne l'empêchait d'en changer et de jouer à la femme de ménage en attendant que les derniers invités repartent. Dès qu'elle en avait l'occasion, Cassandra rangeait ; sans doute parce que la dernière fois qu'elle avait vu sa mère vivante, c'était au milieu des cendriers pleins et des bouteilles d'alcool vides. Depuis, elle ne supportait pas de laisser le désordre s'installer.

Elle sortit de la salle de bains et se faufila jusqu'à la cuisine.

— Que faites-vous ?

Cassandra se figea en entendant la voix de Marco. Elle faillit lui rétorquer que comme elle était son employée, il n'y avait rien d'étrange à ce qu'elle range mais s'abstint.

— Laissez, poursuivit-il. C'est le travail de mes employés de maison, ils sont payés pour cela.

— Allez-vous les faire travailler toute la nuit ?

— Bien sûr que non ! Ils s'en chargeront demain matin.

Marco l'entraîna vers le salon. Cassandra s'aperçut alors qu'ils étaient seuls : les derniers invités étaient partis.

— Pourquoi êtes-vous en colère ? lui demanda-t-il d'un ton neutre.

Elle n'était pas vraiment en colère, elle était… déçue.

— Vous pensez que vous pouvez m'insulter sans que je réagisse ?

— Vous insulter ? répéta-t-il dans un froncement de sourcils. De quoi parlez-vous ?

— Vous pensez que vos employés ne sont que des robots programmés pour obéir. Vous aviez promis de me présenter aux invités, vous m'aviez assuré que cette fête serait une bonne opportunité pour développer mon réseau, et je le pensais aussi, mais vous m'avez ignorée toute la soirée. Je me demande vraiment pourquoi je suis venue.

— C'était à vous de profiter de ces opportunités et d'aller vers les invités.

— Je l'ai fait, en début de soirée. Je n'ai eu aucun mal à discuter, à me présenter, mais vos invités n'avaient aucune envie de me connaître. Ces gens appartiennent à votre monde. Si vous m'aviez présentée, cela aurait permis de briser la glace. Sauf que vous ne vouliez pas que qui ce soit sache que vous aviez invité une de vos employées à vous accompagner.

— Ne soyez pas ridicule ! Et l'ambassadeur ? Vous avez discuté avec lui. L'ambassade possède un magnifique jardin, vous auriez pu…

— J'ai discuté avec l'ambassadeur parce que j'en avais envie, coupa-t-elle. Parce que c'est un homme charmant et intéressant. Aurais-je dû en profiter ? Devais-je accepter de danser avec lui en échange d'un emploi ?

— C'est cela, développer un réseau.

— Cela aurait été manipulateur de ma part, et ce n'est pas mon genre. Je n'y ai pas pensé une seconde.

— C'est dommage. Il aurait pu vous introduire dans un autre monde.

— Peut-être n'ai-je pas envie de découvrir cet autre monde. Peut-être que je le connais déjà. Vous ne pouvez pas le savoir, vous qui menez une vie de privilégié sans avoir la moindre idée de ce que ce qui se trouve à l'extérieur.

— Vous vous trompez, dit-il d'un ton sec. Je sais exactement ce qu'on ressent dans de telles circonstances.

— Vraiment ? Dans ce cas-là, vous devez savoir ce que l'on ressent lorsqu'on entend dire qu'on n'est personne !

— Qui a dit cela ?

— Vous ! Est-ce ainsi que vous parlez de vos employés ? Avec mépris, avec condescendance.

— Vous dites n'importe quoi !

— Je vous ai entendu. Un des invités vous a demandé qui j'étais, et vous avez répondu que je n'étais personne.

Marco blêmit. Tout à coup, il semblait se souvenir.

— Ah… Laissez-moi vous expliquer. L'homme avec qui je parlais organise de nombreuses soirées caritatives. Il est à la recherche de nouveaux donateurs et…

— … et évidemment, je ne suis d'aucune utilité pour lui.

— J'ai seulement dit à un invité qu'il perdrait son temps en vous demandant de l'argent. Si cela vous a blessée, alors je m'en excuse. Cependant, vous ne devriez pas être aussi susceptible.

Cassandra baissa les yeux. Marco n'avait pas tort, peut-être sa réaction était-elle un peu exagérée.

— Je ne suis personne s'il s'agit de signer des chèques, je suis d'accord, mais je peux m'impliquer autrement. Je peux donner de mon temps, par exemple.

A sa grande surprise, son boss esquissa un sourire.

— Je n'en doute pas.

S'ils se disputaient ainsi, songea-t-elle, c'était parce qu'ils appartenaient à deux mondes différents. Celui de Marco l'effrayait car elle le connaissait ; et même si cela faisait longtemps qu'elle l'avait quitté, les mauvais souvenirs n'avaient pas disparu.

Parfois, quand Marco se détendait et montrait un côté plus chaleureux de sa personnalité, Cassandra devinait que ses blessures étaient aussi profondes que les siennes. Il était juste un peu plus doué qu'elle pour les masquer. Malgré tout, ils n'avaient jamais abordé aucune question intime : elle ne savait donc pas ce qui se cachait derrière sa façade. Pourquoi devraient-ils parler, de toute façon ? Elle n'était qu'une employée chargée du jardin. Ils n'étaient pas amis.

— Vous devez penser que je suis stupide, hasarda-t-elle.

— Pas du tout.

— Je suis… Je suis juste naïve. Déguisée comme une princesse, j'ai fini par me prendre pour une princesse et croire que vous désiriez vraiment passer la soirée avec moi.

— Au moins, vous êtes directe.

— Oui.

— Je vous rassure, vous vous en êtes très bien sortie, ce soir.

— Etes-vous en train de vous moquer de moi ?

Marco lui décocha un sourire gentil.

— Non. Je vous suis très reconnaissant de m'avoir accompagné. Je ne connais personne qui aurait pu s'en sortir avec autant de grâce et de style. Je regrette de ne pas avoir fait plus d'efforts pour vous aider. Je sais que ce monde peut parfois être très rude.

— Quant à moi, j'admets que vos invités n'étaient pas venus ici pour recruter un jardinier.

— J'aurais dû y penser.

— Moi aussi.

— Nous nous sommes tous les deux emportés.

Il plongea son regard noir dans le sien et la colère de Cassandra s'évanouit comme par magie.

— Nous faisons la paix ? proposa-t-il.

— D'accord.

Elle serra la main qu'il lui tendait. Sa paume et ses doigts étaient si doux que les regrets envahirent Cassandra lorsqu'il la lâcha. Elle voulait continuer à sentir sa peau brûlante contre la sienne.

— J'ai quelque chose pour vous.

— Quelque chose pour moi ? fit-elle, surprise. Vous m'avez déjà bien payée.

Pour être honnête, un cadeau de Marco la bouleverserait, quel qu'il soit. Elle le garderait toute sa vie.

Lorsqu'il lui tendit l'aquarelle signée Hockney, un vertige la saisit.

— Mon Dieu ! Mais… Qu'avez-vous fait ?

— J'ai transformé votre rêve en réalité.

— Ce tableau a dû vous coûter une fortune !

— Vous rêviez d'offrir cette peinture à votre marraine.

— C'est trop. Je ne peux pas accepter.

— Ce n'est pas pour vous, c'est pour elle !

— Je… Je ne sais pas quoi dire.

La gorge nouée par l'émotion, elle releva les yeux. Son cœur se mit aussitôt à battre un peu plus fort dans sa poitrine. Marco la fixait toujours. Quand il la regardait ainsi, elle n'arrivait plus à réfléchir. Trop de questions l'assaillaient. Trop de sentiments également.

Elle demeura immobile de longues secondes. Plus rien n'existait à part Marco.

Soudain, sans un mot, sans même lui laisser le temps de réagir, il la prit dans ses bras et s'empara de sa bouche.

Prise au dépourvu, Cassandra hésita l'espace d'une seconde, puis laissa son corps prendre le pouvoir. Impossible de résister. Elle n'était plus qu'une boule d'émotions. Tous ses sens étaient en éveil, le sang rugissait dans ses veines, elle avait la chair de poule.

Elle ferma les yeux et savoura le contact des lèvres douces et brûlantes de Marco. Jamais un baiser ne lui avait fait un tel effet, ne l'avait ensorcelée à ce point. Les sensations étaient si fortes qu'elle n'aurait pu les décrire : aucun mot n'aurait su les exprimer.

De toute façon, toute pensée l'avait désertée.

Comme hypnotisée, Cassandra se mit sur la pointe des pieds pour mieux l'embrasser et repoussa sa veste sur ses épaules puissantes. Elle voulait le sentir encore mieux. Elle voulait le découvrir. Intimement. Elle voulait surtout le toucher, effleurer sa peau dorée, la caresser.

Elle entendit le bruit d'une fermeture Eclair. La robe. Il était en train de la lui enlever.

La bouche magique de Marco se posa sur son épaule dénudée. Un délicieux frisson de désir glissa le long de son dos, électrisant tous ses sens. Il déposa une nuée de baisers gourmands dans le creux de son cou et elle chavira. Elle se sentait déjà prête à exploser…

En feu, des idées osées plein la tête, Cassandra retira la chemise de son bel Italien. Elle mourait d'envie de caresser son torse musclé, de laisser les mains s'attarder sur sa peau ferme, sur ses pectoraux si bien dessinés. Toute timidité, toute retenue l'avaient abandonnée.

Ce soir, cet homme fabuleux était à elle. Elle était libre de le découvrir, d'explorer sa sensualité — et elle était déterminée à en profiter !

Il referma les mains sur ses seins tendus par le désir. Cassandra laissa échapper un cri d'extase. Elle n'en pouvait plus d'attendre.

Elle était à moitié nue devant un amant expérimenté, mais elle n'avait pas peur. Elle n'était *personne* et pourtant, elle n'était pas impressionnée. Le regard de Marco, rivé au sien, lui offrait la confiance qu'il lui manquait.

— Je vais te donner du plaisir, affirma-t-il. Tu vas me supplier de continuer, encore et encore.

— A vos ordres, patron !

Elle se moquait de lui, elle jouait. Elle n'avait aucune intention d'être docile ou de se comporter comme une simple poupée. Elle avait des désirs, elle aussi, et était bien décidée à les explorer.

Elle posa ses mains sur son torse puissant. Sans le quitter du regard, elle en laissa descendre une vers le renflement prometteur de sa braguette, qu'elle caressa avec fougue. Comme s'il devinait son impatience, Marco retira son pantalon et son caleçon. Lorsqu'elle baissa les yeux vers son érection, Cassandra ravala sa salive : sa virilité était puissante, majestueuse et surtout impressionnante…

Marco la sortit de sa contemplation en lui attrapant les poignets. Puis il l'embrassa presque violemment. A l'évidence, il était déterminé à lui montrer qu'il était le maître, ce soir.

Sans la quitter des yeux, il tendit la main vers son pantalon qu'il avait jeté sur un fauteuil et sortit d'une poche un préservatif qu'il déroula avec une lenteur calculée sur son sexe tendu à l'extrême. La température de Cassandra monta en flèche : ce spectacle était d'un érotisme fou.

Sans un mot, il prit ses seins en coupe, les caressa, les soupesa, les pinça jusqu'à ce que ses tétons se dressent un peu plus. A bout, elle rejeta la tête en arrière et entrouvrit la bouche. Les sensations étaient si intenses qu'elle bouillait. Attendre lui était un véritable supplice. Un tourbillon voluptueux était en train de lui faire quitter le continent de la raison.

Marco recula, puis s'approcha à nouveau, l'effleurant tout en subtilité, comme l'aile d'un papillon. Il jouait avec elle, il était en train de la torturer avec ses caresses. Elle comprit qu'il voulait lui faire perdre la tête.

— Tu aimes cela, n'est-ce pas ?

Oui, mais elle ne l'admettrait jamais… Son sourire malicieux, son corps digne d'un Dieu grec, son regard sombre : en fait, elle aimait tout en Marco.

Elle sentit soudain des doigts experts dégrafer son soutien-gorge et elle retint son souffle. Son impatience atteignait des sommets, désormais. Elle était ivre de désir. Allait-il le lui retirer ?

Apparemment non.

Il continuait son petit jeu, la torturait, attisait son désir avant de la laisser, frustrée, pour s'occuper d'une autre partie de son corps.

Soudain, après d'exquises minutes de caresses, il arracha le soutien-gorge. Cassandra lâcha un petit cri. Elle n'avait plus aucune volonté, désormais. Elle se moquait de garder la maîtrise, elle voulait juste s'abandonner et profiter du plaisir exquis que lui offrait son amant. Vivre l'intensité et la sensualité du moment présent.

Marco lui pinça la pointe d'un sein. Cassandra se mit à onduler des hanches, parcourue par les ondes d'un plaisir qui semblait monter des tréfonds de son être. Elle n'en pouvait plus…

Se mordant la lèvre, elle baissa les yeux. Marco passa un doigt sous l'élastique de son string, puis entre les boucles de sa toison. Son sexe était brûlant, presque douloureux tellement elle désirait qu'il la pénètre.

— Encore ? susurra-t-il.

Il insinua un doigt entre ses replis intimes. Incapable de quoi que ce soit d'autre, elle se cambra et se mit à danser contre sa main. Elle en voulait plus, tout de suite !

— Il faut me dire ce que tu désires, Cassandra.

— Toi, haleta-t-elle. Je te veux *toi.*

C'était aussi simple que cela.

— Et où me veux-tu ?

— En moi.

Avant qu'elle ait fini sa réponse, il l'avait prise dans ses bras. Il la plaqua contre le mur, puis l'encouragea à lever les jambes pour les nouer autour de ses hanches.

Cette fois, elle était ravie d'obéir…

Pantelante, Cassandra enfouit les doigts dans l'épaisse chevelure noire de son amant. Sa bouche sensuelle n'était qu'à quelques centimètres de la sienne, mais il ne semblait pas vouloir l'embrasser. Il la regardait droit dans les yeux, comme s'il voulait lire en elle, la contrôler lorsqu'il lui ferait l'amour pour la première fois.

Or, c'était également ce qu'elle attendait de lui…

— Maintenant ? demanda Marco.

Sa voix chaude et voluptueuse faisait à Cassandra l'effet d'une caresse. Avant même qu'elle ait pu répondre, il la pénétra entièrement, d'une seule poussée.

Seigneur…

Cassandra rejeta la tête en arrière. L'air lui manquait. Cet homme l'avait ensorcelée. Il la possédait corps et âme.

— Tu es si étroite…

Et lui, il était si fort, si puissant ! Sous le choc, sous le charme, excitée comme jamais, elle n'était plus capable de rien sinon haleter et onduler du bassin. Un torrent de sensations inouïes était en train de se répandre en elle, dévastant tout sur son passage.

Marco se retira soudain. Non ! Pourquoi ? Qu'il la possède à nouveau, tout de suite ! Elle n'avait plus qu'une envie : se noyer dans la sensualité. Au lieu de cela, il la porta jusqu'au canapé, avant de l'allonger sur le cuir froid. Ensuite, il recula d'un pas et la contempla, comme si elle était une œuvre d'art.

— Alors… ?

Il lui adressa un sourire malicieux qui donna un coup de fouet à son désir. Son cœur tambourinait maintenant à une vitesse inouïe dans sa poitrine.

Alors ? Alors elle avait de plus en plus de mal à respirer. Jamais elle n'avait imaginé connaître un tel plaisir. Quelques baisers, quelques caresses et, déjà, Cassandra sentait les prémices de l'orgasme l'envahir. Son désir était sans bornes, son plaisir également. Elle était en feu.

Jamais elle n'avait été comblée à ce point. Jamais un homme ne lui avait fait toucher les étoiles comme son play-boy italien…

7.

Marco ouvrit les yeux. Il était encore tôt mais déjà, il pensait à son travail. Comme tous les matins.

Il sortit du lit et jeta un coup d'œil vers Cassandra. Elle dormait profondément.

Elle devait être épuisée par leur nuit torride. Il avait découvert une amante enthousiaste, imaginative, passionnée, et surtout dotée d'un appétit insatiable. Ils avaient passé des heures à faire l'amour, encore et encore, dans toutes les pièces de l'appartement, dans toutes les positions.

Mais, entre eux, il ne s'agissait que de sexe.

Toute sa vie, sa mère avait vécu dans le mensonge. Tout cela pour vivre avec un homme riche. Celui qu'il avait cru être son père n'était en effet qu'un homme que sa mère avait forcé à l'épouser, de façon à profiter de sa fortune et d'un père pour son enfant à naître.

Jamais il ne se laisserait abuser de la sorte.

Sans doute à cause de ce passé, il ne faisait pas confiance aux femmes. A aucune. Jusqu'à ce qu'il rencontre Cassandra, et se laisse attendrir, l'espace d'une nuit. Heureusement, ce matin, il avait repris ses esprits.

Il sortait juste de la douche lorsqu'il vit Cassandra se réveiller. Tel un chat, elle étira ses longues jambes fines. Elle avait l'air comblée, reposée, très différente de la femme qui travaillait la veille encore dans sa maison de Toscane.

— Marco, reviens donc te coucher.

Il baissa les yeux. L'affection qu'elle attendait de lui le

mettait mal à l'aise. Si seulement il avait pu partir pendant qu'elle dormait encore…

Il s'approcha et déposa un baiser sur sa joue fraîche.

— C'était super, cette nuit, *cara*. Je dois y aller, mais j'ai laissé ton argent sur la console, dans l'entrée.

Puis il sortit.

Son *argent* ? De quoi parlait-il ?

Les souvenirs revinrent vite à sa mémoire, et Cassandra lâcha un long soupir. Elle n'avait fait que jouer un rôle, hier, et Marco l'avait rémunérée pour sa prestation. Grâce à cet argent, elle allait pouvoir payer le voyage de sa marraine — maigre consolation…

Elle s'assit dans le lit et une sensation de manque la gagna aussitôt. Comme elle aurait aimé qu'il reste, pour se lover entre ses bras puissants et rassurants, lui susurrer des mots doux, lui dire combien la nuit dernière avait été importante pour elle !

Hélas ! il était parti.

Cassandra se leva et s'approcha de la fenêtre. Elle vit son amant et employeur monter dans sa voiture. Lui parti, elle se sentait vide. Complètement vide.

La vie de Marco était simple : quand il voulait faire l'amour, il faisait l'amour (il avait toujours une jeune femme à disposition) ; quand il avait besoin de sa voiture, son voiturier s'en occupait. Son emploi du temps hyper chargé de milliardaire ne supportait aucune variation, aucune fantaisie. L'humour et la tendresse ne faisaient pas partie de son monde, sauf pendant les rares moments où il était en mode « séduction », évidemment.

Les larmes lui montèrent aux yeux, et elle les essuya. Pourquoi pleurait-elle ? Il n'y avait aucune raison. Elle s'était fait des illusions, elle avait rêvé et, maintenant, il était temps de revenir à la réalité.

Cassandra se dirigea vers la salle de bains. Elle avait besoin d'une bonne douche chaude. Tout à coup, elle frissonnait, elle claquait des dents. Elle avait aussi la nausée. En fait, Marco ne l'avait guère mieux traitée qu'une prostituée : il l'avait ignorée pendant la soirée et, sitôt les invités partis, il l'avait possédée. Et, comme une idiote, elle s'était laissé faire, elle s'était laissé manipuler.

Sa toilette terminée, elle s'habilla et attacha négligemment ses cheveux. Inutile de se maquiller aujourd'hui, personne ne la verrait.

Elle sortit ensuite son téléphone et commanda un taxi pour l'aéroport. A quoi bon rester en Italie ? Plus rien ne la retenait ici.

Penser à Marco faisait monter la colère en elle. Elle ne s'était jamais conduite comme une victime, elle n'allait sûrement pas commencer aujourd'hui. Elle allait agir comme chaque fois que les événements ne se déroulaient pas selon ses espoirs : avancer et tourner la page.

Avant de quitter l'appartement, elle balaya une dernière fois du regard cette entrée et ce salon qu'elle ne reverrait plus jamais. Elle se figea soudain en apercevant le chèque sur la console. Elle l'avait complètement oublié…

Elle s'approcha et regarda le montant. Incrédule, elle ouvrit la bouche. Marco avait perdu la tête ! Elle aussi avait perdu la tête lorsqu'elle avait accepté l'invitation, lorsqu'elle avait accepté d'être payée. Avec une telle somme, elle pourrait offrir plusieurs billets d'avion à sa marraine, et en première classe. Mais elle ne le ferait pas.

Non, elle n'accepterait pas cet argent.

— Cassandra ? Cassandra ?

Marco fit le tour de l'appartement. Où Cassandra pouvait-elle bien se cacher ? Etait-elle au lit ? Ce serait une jolie surprise !

Il poussa la porte de sa chambre. Le lit était vide, et fait. Dommage… Il frappa à la porte de la salle de bains. Sans résultat. Tout l'appartement était silencieux. Et vide. Aucun signe de Cassandra. Elle n'avait laissé aucun mot indiquant où elle était. Pourquoi ? Pourtant, il lui avait bien dit qu'il la verrait plus tard.

Il retourna dans l'entrée. Son chèque était toujours sur la console.

Bizarre…

Peut-être était-elle retournée à l'hôtel. Sans attendre, il composa le numéro du palace. Le réceptionniste l'informa que la *signorina* Rich s'était arrêtée à l'hôtel pour récupérer ses affaires, sur le chemin de l'aéroport.

Ainsi, elle était rentrée en Angleterre. Elle l'avait quitté. Elle l'avait quitté ? Il lâcha un rire las. Peut-être était-ce finalement la meilleure solution — son désir pour elle allait en effet forcément diminuer. Si elle ne l'avait pas quitté, lui l'aurait fait, tôt ou tard.

Sauf que c'était *elle* qui était partie.

La rage le gagna. Il traversa la pièce, attrapa le chèque et le déchira en mille morceaux. Elle était son employée, elle ne pouvait pas partir ainsi. Elle n'avait pas le droit ! Furieux, il composa le numéro de téléphone de son assistante.

— Trouvez-la, cria-t-il dans le combiné, à bout.

Il raccrocha et se laissa tomber sur le canapé. Il était en colère contre Cassandra, mais il était encore plus en colère contre lui-même, contre la petite partie de lui qui aurait voulu qu'elle reste à ses côtés. Or, ce comportement ne lui ressemblait pas, ne *pouvait pas* lui ressembler.

Ce qui signifiait qu'il devait à tout prix se reprendre.

*
**

De retour en Angleterre, Cassandra prit ses dispositions afin que Marco ne la retrouve pas. Son expérience toscane l'avait blessée. L'Italien l'avait achetée, l'avait payée comme une vulgaire femme vénale. Il l'avait traitée sans le moindre respect.

Elle ne se cherchait pas d'excuses, mais elle devait bien s'avouer qu'elle n'avait pas vraiment été elle-même, à Rome. Elle s'était conduite comme une femme qu'elle n'avait pas envie d'être. En réalité, elle était une fille simple qui avait grandi à la campagne, pas une de ces créatures sophistiquées passant d'une soirée mondaine à une autre. Et surtout pas le genre de femme qui couchait avec son patron…

Sa marraine était partie pour l'Australie rejoindre son fils, qui lui avait payé son billet. Suivant le conseil de Cassandra, elle avait mis sa maison en location. C'était l'occasion idéale pour repartir de zéro, sans compter que cela l'obligeait à déménager, à quitter cette adresse que son ancien patron connaissait.

Elle trouva sans difficulté un emploi dans un supermarché et loua une maison dans un village voisin. Cette maison était petite mais chaleureuse, et elle l'aimait beaucoup.

Elle mit également des petites annonces dans les commerces pour proposer ses services de jardinière et trouva plusieurs clients.

Elle travaillait tant qu'elle n'avait pas le temps d'avoir de regrets par rapport à son expérience en Toscane, et surtout à cette nuit de folie passée dans les bras de Marco.

Ce jour-là, elle plantait des fleurs dans un joli petit jardin quand tout à coup, elle se sentit mal. Lorsqu'elle ouvrit les yeux, elle était allongée sur le gazon, la tête sur les genoux de la propriétaire, qui lui faisait boire une gorgée de brandy.

— Etes-vous enceinte ? lui demanda la vieille dame.

Cassandra tiqua. Quelle question absurde !

— Non, bien sûr que non. Mais… Pourquoi croyez-vous cela ?

Tout à coup, elle avait un doute…

— Une jeune femme en pleine forme comme vous n'a aucune raison de s'évanouir, sauf si elle est malade. Or, je doute que ce soit votre cas. J'ai eu six enfants, je connais certains symptômes, vous savez…

— Vous vous trompez. Je suis sûre que vous vous trompez.

Cassandra avait répondu d'un ton détendu malgré son inquiétude. Elle était pressée d'aller à la pharmacie acheter un test de grossesse.

Une fois chez elle, elle se rua dans la salle de bains. Puis elle fixa le test, stupéfaite, sidérée. Elle était bel et bien enceinte. La petite ligne bleue ne mentait pas.

Seigneur… Comment était-ce possible ? Marco s'était pourtant protégé. Hélas ! aucune protection n'était sûre à cent pour cent, elle le savait bien. En plus, ils avaient fait l'amour tant de fois, cette nuit-là ! Peut-être n'avait-il pas toujours fait attention.

Et voilà qu'elle était enceinte de lui.

Un appel de *signorina* Rich ?

Assis dans son confortable fauteuil de cuir, Marco contempla la vue sur Rome, songeur. Que lui voulait donc Cassandra ? Pourquoi cherchait-elle à le joindre ? Elle lui manquait, évidemment, mais elle était partie, leur aventure était terminée. A propos, combien de temps cela faisait-il ? Presque trois mois, calcula-t-il. Pourquoi l'appelait-elle soudain au travail ? Avait-elle changé d'avis, à propos du chèque ?

— J'ai un rendez-vous à 10 heures, se contenta-t-il de répondre à sa secrétaire.

Il prit une profonde inspiration et réfléchit. Ainsi,

Cassandra voulait lui parler… Il ne s'attendait pas à avoir de ses nouvelles. Quand une aventure était terminée, elle était terminée. Il ne regardait jamais en arrière.

— Dites à Mlle Rich que je suis trop occupé pour lui répondre, mais que je serais ravi de lui envoyer son chèque si elle le désire.

Sa secrétaire sortie, il plongea dans ses souvenirs. Il repensa à Cassandra, il repensa à sa mère, il repensa surtout à ce soir de Noël, lorsque l'homme qu'il avait toujours appelé papa les avait jetés dehors, lui et sa mère, leur coupant les vivres.

Sa mère devait partir sans rien avait décidé cet homme qu'il avait cru être son père. Celui-ci s'était vengé lorsqu'il avait découvert qu'il n'était pas le père biologique de Marco. Du jour au lendemain, sa mère s'était peu à peu enfoncée dans la dépression et dans l'alcoolisme. Lorsqu'elle était décédée, quelques mois plus tard, Marco s'était débrouillé comme il avait pu : il avait vidé les poubelles des restaurants, avait coupé du bois en échange de nourriture… Et il s'était juré qu'il irait à l'école et, qu'un jour, il serait riche.

Cassandra aussi était une survivante.

Stop ! Hors de question de penser à elle et de s'attendrir. Il ne pouvait pas se le permettre. Il ne dépendait de personne, il ne partageait son passé avec personne. Il ne l'avait jamais fait et ne le ferait jamais.

Elle ne devait plus jamais l'appeler.

— Votre rendez-vous de 10 heures est ici, monsieur.

— Parfait.

Se remettre au travail était la meilleure des solutions.

Les semaines passaient, et Marco refusait toujours de prendre ses appels. Bientôt, sa grossesse serait visible. Il devait être mis au courant, mais comment lui apprendre la nouvelle ?

Elle avait appelé sa marraine en Australie. Comme elle l'avait imaginé, celle-ci s'était réjouie pour elle, et lui avait proposé de rentrer en Angleterre pour s'occuper d'elle. Cassandra avait répondu que ce n'était pas nécessaire. Elle n'était pas seule — elle avait des amies —, sans compter qu'elle était bien suivie par les médecins. Elle n'avait pas avoué à sa marraine que Marco refusait de prendre ses appels ; à quoi bon ?

Elle soupira et attrapa son téléphone. Encore une fois, la secrétaire allait sans doute lui répondre que le *signor* di Fivizzano ne pouvait pas prendre son appel, qu'il était trop occupé, absent, malade — tous les prétextes étaient bons. Quel que soit le jour, quelle que soit l'heure à laquelle elle appelait, la réponse était la même ; seule l'excuse changeait.

Et dire qu'elle avait fait l'amour avec cet homme froid et sans cœur…

La secrétaire décrocha et commença à lui donner la même réponse.

— Si j'ai bien compris, la coupa-t-elle, vous êtes en train de me dire que Marco di Fivizzano est trop occupé pour me parler ?

— Je vous prie de bien vouloir l'excuser…

— Il n'était pas trop occupé pour coucher avec moi, rétorqua-t-elle. Il n'était pas trop occupé pour me mettre enceinte. Pourriez-vous lui faire passer ce message ? Merci.

Puis, sans un mot de plus, elle raccrocha.

Voilà, elle avait fait ce qu'elle devait faire. Désormais, elle n'attendait plus rien de lui. Seul comptait son bébé.

Lorsque sa secrétaire lui répéta le message de Cassandra Rich, Marco demeura immobile, impassible. Pourtant, les questions se bousculaient en lui.

— Merci, finit-il par répondre d'un ton froid, comme si de rien n'était.

Enceinte ?… Comment était-ce possible ? Pourtant, il faisait toujours attention. S'était-il protégé chaque fois qu'ils avaient fait l'amour pendant cette fameuse nuit ? La belle Anglaise l'avait tellement rendu fou de désir qu'il avait peut-être oublié une fois. A moins qu'un préservatif défectueux…

Il avait perdu la tête, et elle aussi. Jamais une femme ne l'avait mis dans un tel état. Jamais non plus une femme ne l'avait quitté sans un seul mot d'explication.

Par contre, ce n'était pas la première fois qu'une femme lui annonçait qu'elle était enceinte de lui. Chaque fois, il s'était agi d'une ruse pour obtenir de l'argent ou d'une fausse alerte. Cassandra tentait-elle à son tour de le manipuler ?

Si c'était le cas, elle risquait d'être déçue. Il ne voulait pas d'enfants. Vu son histoire, cela se comprenait aisément. Il était imperméable aux sentiments. Depuis qu'il avait appris qu'il était un enfant non désiré, il avait pris soin de protéger son cœur, et jamais il ne changerait. Jamais il ne *pourrait* changer.

Cassandra cherchait-elle à le piéger ? Si elle était bel et bien enceinte, était-il le père de cet enfant ? Cette Anglaise était différente des autres femmes, il ne devait pas l'oublier. Elle ne courait pas après l'argent, ne lui avait jamais demandé quoi que ce soit. C'était lui qui avait insisté pour lui offrir la robe, le coiffeur…

Il n'avait pas le choix. Il allait devoir l'appeler et tirer cette affaire au clair.

Sans attendre, il attrapa son téléphone et composa le numéro qu'il avait. En vain : la ligne n'existait plus. Apparemment, elle avait changé d'adresse. Il appela alors son détective privé :

— Placez-la sous surveillance, vingt-quatre heures sur vingt-quatre. Je veux tout savoir.

Et il saurait tout. Son détective était le meilleur dans sa partie. Rien de la vie de Cassandra Rich ne lui échapperait.

8.

Cassandra avait renoncé à joindre Marco. Désormais, s'ils devaient se revoir, ce serait selon ses conditions à elle. Elle ne possédait peut-être ni pouvoir ni argent, mais elle n'allait pas céder devant un homme qui apparemment refusait de croire qu'elle portait son enfant.

Bien sûr, sa vie de mère célibataire ne serait pas facile, mais l'expérience la ferait grandir. Son seul regret : elle se sentait parfois un peu isolée dans sa petite maison. Sans doute sa mère avait-elle ressenti cette même solitude, parfois. Cassandra regrettait de ne pas l'avoir mieux connue, de ne pas avoir pu l'aider. Cela n'aurait pas empêché son père d'être infidèle, bien sûr, mais cela aurait peut-être soulagé sa mère.

Seule, délaissée, abandonnée, celle-ci avait succombé aux sirènes de l'alcool et de la drogue. Cassandra, par contre, ne sombrerait pas dans le désespoir. Elle ne faiblirait pas, se promit-elle en contemplant sa première échographie. Elle oublierait Marco di Fivizzano et élèverait son enfant toute seule ; elle lui donnerait tout son amour et le rendrait heureux. Si Marco était un exemple de la vie des gens riches et célèbres, elle préférait de loin rester pauvre.

Prise d'une nausée subite, elle posa la main sur le mur pour ne pas tomber. Le médecin lui avait promis que ces nausées ne dureraient pas, or elles ne cessaient pas. D'habitude, elle était pleine d'énergie mais ces derniers jours, elle se sentait fatiguée du matin au soir. Aujourd'hui, les nausées étaient encore plus fortes.

Elle jeta un coup d'œil au miroir. Elle était pâle. Les femmes enceintes étaient censées resplendir ; ce n'était pas son cas. Elle était même trop faible pour travailler. Pour l'instant, son patron était compréhensif, mais sa compassion n'allait sans doute pas durer éternellement.

Le point positif était que son bébé allait bien. Alors, pour lui, elle allait continuer à se lever chaque matin — et prier pour que les nausées cessent bientôt.

Marco donna des ordres pour que son jet se tienne prêt à décoller. Son détective ne l'avait pas déçu, même si son dernier rapport l'avait fait s'interroger sur la meilleure conduite à tenir. Mais si Cassandra était malade, alors il devait agir. Il était son ancien patron, il avait des responsabilités envers elle ; que le bébé soit le sien ou pas.

Il s'était aperçu que Cassandra lui manquait. Il ne s'attendrissait pas, non, il avait juste besoin de voir la situation par lui-même. Il était simplement curieux. C'était du moins ce qu'il se répétait — pour mieux s'en convaincre ?

D'après ses sources, Cassandra menait une vie dénuée de toute fantaisie, ce qui ne le surprenait pas. Malgré tout, à cause de son expérience avec les femmes, il ne pouvait s'empêcher d'être sceptique, d'avoir des doutes sur sa sincérité. Après la naissance de l'enfant, il demanderait un test ADN et ensuite seulement, il pourrait décider s'il voulait s'impliquer plus ou non.

Il leva les yeux au ciel. L'histoire se répétait tragiquement. A cause de lui, un enfant allait venir au monde et ferait l'objet de suspicions. Cet enfant serait peut-être rejeté, et par lui…

Marco s'arrêta devant la porte de la modeste maison et vérifia l'adresse. Il était au bon endroit. Il frappa et attendit. Quelques instants plus tard, la porte s'ouvrit.

— Marco ?

Cassandra semblait surprise, mais surtout avoir perdu toutes ses forces et tenir à peine debout. Elle ne ressemblait en rien à la jeune femme pleine de vie qui travaillait pour lui en Toscane.

— Puis-je entrer ? demanda-t-il, soudain inquiet.

Sans un mot, elle recula. Il pénétra dans la pièce principale.

L'intérieur de cette petite maison mitoyenne était aussi propre que l'extérieur, et sobrement meublé. A sa gauche, un escalier étroit menait à un étage qui ne devait comporter que deux petites chambres et une modeste salle de bains. Malgré les quelques plantes sur l'appui de fenêtre, rien n'indiquait que cette maison était celle d'une jeune femme passionnée de jardinage.

— Pourquoi ne m'as-tu pas dit que tu étais enceinte dès que tu l'as appris ?

— J'ai essayé. Je te rappelle que tu as systématiquement refusé de prendre mes appels.

— Tu aurais dû venir à Rome.

Elle lâcha un rire las.

— C'est facile pour toi de dire cela. Tu possèdes un jet privé, tu as de l'argent…

— Tu aurais pu m'envoyer un courriel, dans ce cas-là.

— Je ne suis pas comme toi, froide et dénuée de toute émotion. Je pense qu'une telle nouvelle s'annonce de vive voix. Tu ne croyais tout de même pas que j'allais t'informer que j'étais enceinte par SMS !

Il serra les poings. Elle avait raison : un SMS n'aurait pas été adapté. Il préféra changer de sujet et revenir au motif premier de sa visite.

— Comment te sens-tu ? Tu as l'air malade, tu sembles fatiguée.

— Je te rappelle que je suis enceinte. Veux-tu t'asseoir ?

— Je préfère rester debout. J'ai passé la majeure partie de la journée assis.

— Pourquoi es-tu ici, Marco ? Que veux-tu ?

— Te voir. Voir comment tu vas.

— Tu refuses de me parler au téléphone et maintenant, tu fais le déplacement jusqu'ici ? Décidément, je ne te comprends vraiment pas. Et d'abord, comment m'as-tu trouvée ?

— Le village n'est pas très grand.

— Je suis bête, tu m'as fait surveiller ! Comment as-tu eu le culot…

— Je n'ai pas eu le choix, coupa-t-il, agacé. Tu es partie sans un mot ! Tu considères que c'est un comportement acceptable ?

— Tu m'as utilisée pour prendre du plaisir, comme si c'était écrit entre les lignes du contrat.

— Pas du tout !

Il n'avait jamais eu l'intention de coucher avec elle après cette soirée. Il avait juste succombé à son charme naturel. Avec elle, il s'était senti jeune, libre, vivant.

— Alors, quoi ? insista-t-elle. Tu m'as à peine parlé pendant la soirée. Ensuite, dès que nous nous sommes retrouvés seuls…

— … tu m'as sauté dessus, compléta-t-il avec un sourire gourmand.

— Je ne t'ai pas sauté dessus ! se récria-t-elle en ouvrant de grands yeux.

— Si. Enfin… nous nous sommes mutuellement sauté dessus.

Cassandra hocha la tête. Marco avait raison. A ce souvenir, elle s'empourpra. Elle se força à ne pas le regarder dans les yeux : elle n'avait aucune envie de succomber de nouveau à son charme.

— Puis-je t'offrir quelque chose à boire ? demanda-t-elle pour briser le silence gênant qui s'étirait entre eux.

— Assieds-toi, ordonna-t-il. C'est moi qui vais aller te chercher un verre d'eau, tu as l'air d'en avoir besoin.

A contrecœur, elle obéit. Elle n'avait pas le choix : elle se sentait si faible qu'elle avait l'impression qu'elle allait s'évanouir d'une minute à l'autre.

Marco se dirigea vers la cuisine, dont il revint avec le verre d'eau promis, qu'il lui tendit.

— Je ne suis pas ici en visite de courtoisie, reprit-il. Je suis venu te chercher pour t'emmener à Rome.

Elle faillit s'étrangler avec sa gorgée d'eau. Elle n'avait pas dû bien comprendre.

— Quoi ? s'exclama-t-elle. A Rome ?

— Tu ne peux pas rester ici. Pas toute seule.

Marco posa les poings sur les hanches. La réponse de Cassandra ne changerait rien : il avait pris sa décision. Elle était malade et ne pouvait travailler dans cet état. Elle n'était pas capable de prendre soin d'elle, alors comment pourrait-elle prendre soin de son bébé ?

Un bébé qui était peut-être le sien... S'il y avait la moindre possibilité que ce soit la vérité, il ne pouvait prendre le risque de la laisser ici. En danger. Non, il ne pouvait pas l'abandonner, surtout avec sa marraine en Australie.

— Prépare une petite valise, nous partirons dès que tu seras prête.

— Je n'ai jamais accepté de t'accompagner.

— Tu accepteras. Si tu tiens à ton bébé, tu viendras.

Cassandra baissa les yeux. Marco avait-il raison ? Peut-être. Elle portait son enfant et devait offrir à ce bébé toutes ses chances. Serait-elle égoïste si elle restait ici ?

— As-tu besoin d'aide pour ta valise ?

— Non, merci.

Elle n'avait toujours pas décidé si elle le suivait ou non. Elle hésitait encore.

Depuis des années, elle rêvait d'une famille — une famille différente de la sienne. Il ne s'agissait hélas ! que d'un rêve. La vie n'était pas aussi simple. La famille idéale n'existait pas. La seule chose dont elle était sûre, c'était qu'elle était prête à se battre comme une lionne pour son enfant.

Elle pouvait toujours partir en Italie et, si la solution ne lui semblait pas la meilleure, rentrer en Angleterre…

— Où as-tu l'intention de m'emmener ?

Elle se força à chasser de son esprit les images de la maison de Toscane. Ce serait pourtant une bonne solution de s'occuper d'un magnifique jardin en attendant la naissance de son bébé.

— A Rome, je te l'ai déjà dit, répéta-t-il d'un ton sec. C'est là que sont installés les meilleurs médecins. Tu vivras dans mon appartement. Quoi ? Pourquoi me regardes-tu ainsi ? Où pensais-tu t'installer ?

Pour beaucoup, Rome serait une destination de rêve mais pas pour Cassandra. Elle avait vu de quelle façon Marco se comportait là-bas. Et elle, quel genre de vie y mènerait-elle ? Comment s'occuperait-elle en attendant l'accouchement ? Et que se passerait-il, ensuite ?

Le vertige la saisit. Elle avait trop de questions en elle et aucune réponse. En plus, elle était malade. Cela faisait des jours qu'elle était faible et craignait de s'évanouir chaque fois qu'elle se levait.

Une fois à Rome, Marco avait sans doute l'intention de la cacher. Il n'allait sûrement pas parader aux côtés de son ancienne employée enceinte. Non, il voulait juste qu'elle l'accompagne pour pouvoir la surveiller et la cacher à la presse. Dans son appartement romain, elle serait comme en prison.

— Cassandra ?

Elle releva les yeux vers lui.

— Je… Je ne viens pas avec toi. J'ai besoin de réfléchir.

— A quoi ?

Marco se passa la main dans les cheveux. Il semblait se retenir pour ne pas se fâcher.

— A ma vie, à celle de mon enfant.

— Quel genre de vie vas-tu offrir à ton enfant si tu restes ici ?

— Quel genre de vie vais-je lui offrir si je suis enfermée dans ton appartement ? Ce n'est pas parce que tu imagines que tous les enfants grandissent dans le luxe que c'est une bonne idée.

Elle essuya les larmes qui commençaient à couler sur ses joues. Elle était perdue, complètement perdue. Oui, peut-être devrait-elle le suivre, au moins le temps de reprendre des forces.

— S'il te plaît, *cara*, sois raisonnable. Je n'ai pas l'intention de te garder prisonnière. Je te traiterai comme une invitée.

— Ta vie est très différente de la mienne.

— C'est vrai, mais je ne peux pas en changer du jour au lendemain.

— Tu ne peux pas aller où que ce soit sans être suivi par des nuées de journalistes. Je n'ai pas envie de subir le même sort.

— Tu apprendras à les ignorer, ce n'est pas difficile.

— J'ai déjà suffisamment à faire à apprendre à devenir mère.

— Tu n'es pas le genre de femme à renoncer à un défi, je le sais.

— C'est différent : je n'ai jamais été enceinte avant.

Cassandra ferma les yeux pour tenter de se reprendre. Elle ne savait plus quoi penser.

Marco l'invitait dans son monde, un monde qu'elle détestait. Il était le père de son enfant et une partie d'elle mourait d'envie de le retrouver et de vivre avec lui. Elle rêvait tant d'une vie de famille, d'une maison… Hélas ! ce n'était pas ce que Marco lui offrait. Il lui proposait seulement une solution temporaire, ce qui rendrait la véritable rupture encore plus douloureuse lorsqu'elle surviendrait.

— Tu as besoin d'aide, Cassandra, tu le sais. Qu'est-ce qui est le plus important : toi ou le bébé ?

— Le bébé, bien sûr ! Tu n'as pas besoin de poser la question pour le savoir.

— Alors viens avec moi.

— Laisse-moi la nuit pour réfléchir. Je te donnerai ma réponse demain.

Une fois sorti de chez Cassandra, Marco se dirigea vers l'hôtel du village. Il ne pouvait pas refuser un délai de réflexion à une femme enceinte ; malgré tout, il avait l'impression d'étouffer, de devenir fou.

Cassandra refusait de céder. Il avait eu moins de mal à bâtir un empire qu'à essayer de la convaincre !

Incapable de patienter plus longtemps, il l'appela.

— Je t'ai déjà répondu, Marco : j'ai besoin d'un peu plus de temps.

— C'est n'importe quoi, tu sais très bien ce que tu désires ! Tu sais prendre des décisions, alors je veux savoir ce que tu réponds à ma proposition. Tout de suite.

Elle ne dit rien. Sans doute hésitait-elle encore.

— D'accord, finit-elle par répondre. Je suis d'accord. J'ai besoin de me reposer. Les nausées finiront cependant par passer, et tu dois savoir que j'ai l'intention de travailler aussi longtemps que possible avant la naissance du bébé. Je refuse de rester à Rome sans rien faire. Si j'accepte de venir en Italie, tu dois me promettre que je pourrai travailler. Je ne veux surtout pas vivre à tes crochets. En attendant, j'admets que mon bébé a besoin que sa maman soit en meilleure santé. Alors si ta proposition tient toujours, tu peux passer me prendre demain matin, mais tu dois promettre de respecter mes conditions.

Elle lui imposait des conditions ? Jamais de toute sa vie il ne s'était trouvé dans cette situation.

— C'est ce que je désire, Marco, insista-t-elle. Mes exigences ne me paraissent pas exagérées. Je refuse d'être un fardeau pour toi. Je promets de ne pas te déranger. Tu… Tu es toujours en ligne ?

— Oui, je t'écoute.

— Tu acceptes mes conditions ?

Ses conditions étaient négociables, il aurait bien le temps d'en reparler plus tard avec elle ; mais sa santé était fragile *maintenant*. Alors…

— Oui, je les accepte.

9.

Cassandra pensait avoir bien réfléchi avant de partir pour Rome, mais jamais elle n'aurait cru que ce serait aussi insupportable. Elle avait quitté une petite maison confortable qu'elle adorait pour un appartement immense et froid. Elle n'était arrivée que quelques minutes plus tôt et, déjà, elle avait l'impression d'être sur une île déserte. Abandonnée. Marco était reparti.

Il ne lui avait pas adressé le moindre mot dans l'avion — il avait passé son temps à travailler. Ensuite, dans la limousine, il avait enchaîné les coups de téléphone. Qu'aurait-il pu lui dire, de toute façon ?

Une gouvernante en uniforme lui prit sa valise des mains.

— Votre chambre est prête, *signorina*.

— Merci.

Elle la suivit jusqu'à la pièce qui serait sa prison pendant les semaines à venir. Sa santé lui imposait de se reposer, elle le savait bien, mais comment avait-elle pu accepter de suivre Marco alors qu'elle avait parfaitement deviné ce qui l'attendrait ?

— Avez-vous besoin d'autre chose, *signorina* ?

— Non, merci.

Tout ce qu'elle désirait, c'était être seule.

— Si vous changez d'avis, appelez-moi avec l'Interphone.

— Merci.

Qu'avait dit Marco à ses employés de maison à son sujet ? Sans doute rien. De toute façon, ils devaient être habitués à voir des femmes différentes aller et venir dans cet appartement.

La porte se referma derrière la gouvernante et Cassandra examina les lieux. La chambre était luxueuse, somptueuse même, mais froide. Pas le moindre objet personnel, pas la moindre trace de vie ; aucune photo, aucun trophée, aucun souvenir. Rien sur l'homme qui vivait ici.

Peut-être était-ce volontaire de la part de Marco, qui avait la réputation d'être un homme glacial. Sauf au lit. Mais de ce côté-là, tout était fini entre eux, elle ne devait pas l'oublier. Ils ne feraient plus jamais l'amour.

Elle était enceinte de son enfant, il ne la croyait pas. Ils se trouvaient dans une impasse et, malheureusement, elle ne pouvait rien y changer avant la naissance.

A l'heure du dîner, la gouvernante lui apporta un léger repas, une salade et du pain frais. Cassandra se contenta de picorer, elle n'avait pas faim. Puis elle se leva, ouvrit la porte de sa suite et, pour la première fois depuis son arrivée, sortit dans le couloir.

Tout était calme et silencieux. Sans doute les employés étaient-ils rentrés chez eux. Elle se dirigea vers la cuisine pour rapporter son plateau. Elle poussa la porte et s'arrêta net : la gouvernante et le cuisinier étaient là, en train de dîner.

— Je suis désolée… Je ne voulais pas…

Gênée par leurs regards hostiles, elle posa le plateau et fit demi-tour. La cuisine était visiblement leur domaine, pas le sien. Décidément, l'ambiance dans l'appartement n'avait rien à voir avec celle qui régnait dans la maison de campagne. Là-bas, Maria l'avait toujours accueillie à bras ouverts dans la cuisine.

Si seulement elle avait pu y attendre la naissance de son enfant ! Maria et Giuseppe l'avaient toujours traitée comme si elle faisait partie de la famille ; ils auraient pris soin d'elle, elle en était persuadée. Hélas ! Marco avait préféré l'installer à Rome, sans doute pour pouvoir la surveiller plus facilement.

Traînant les pieds, elle retourna dans sa chambre. Tant que les nausées dureraient, elle serait coincée ici…

Elle posa les mains sur la baie vitrée et fixa la ville. Comme en écho à ses sentiments, le ciel était gris. Le brouillard était en train de descendre sur Rome.

Marco était en ce moment même quelque part dans cette ville inconnue. Où ? Elle n'en avait pas la moindre idée. Elle ignorait même s'il avait l'intention de rentrer ce soir. Cela ne la regardait pas, de toute façon.

Elle se fit couler un bain dans la grande baignoire, où elle tâcha de se détendre et d'oublier le tragique de sa situation.

Ensuite, elle alla se coucher. Cette chambre était la plus luxueuse dans laquelle elle ait jamais dormi et, pourtant, elle lui faisait penser à une cellule de prison.

Marco passa plusieurs nuits loin de l'appartement. Il n'avait pas besoin de rentrer, il savait que Cassandra était bien traitée. Il avait donné de strictes instructions à ses employés de maison pour que personne n'entre. Et pour que personne ne sorte non plus. Cassandra avait besoin de se reposer. Elle avait trop forcé, lorsqu'elle était en Angleterre.

Il avait pris pour elle rendez-vous avec l'un des meilleurs gynécologues de Rome, un homme connu pour être discret. En attendant, elle resterait dans l'appartement et reprendrait des forces.

Il lui avait envoyé par SMS le numéro de téléphone du praticien, en cas d'urgence, de même que le sien. Sa réponse avait été des plus laconiques :

Je note.

Il ne pouvait pas lui en vouloir : il n'avait pas été particulièrement chaleureux dans son message. Mais autant faire court, avait-il décidé. Il se rappelait les confessions que lui avait faites sa mère, ivre, alors que l'homme qu'il avait appelé papa toute sa vie leur avait annoncé qu'il ne voulait plus jamais les voir. Ces confidences, gênantes pour un enfant de huit ans, l'avaient blessé pour toujours. Depuis, il n'avait jamais partagé ses sentiments avec qui que ce soit, et jamais il ne le ferait. Il refusait d'imposer ses émotions à autrui.

A partir de ce jour, sa vie avait changé du tout au tout. Avant cela, il grandissait entre deux parents qui l'aimaient, même s'ils étaient distants l'un avec l'autre. Et, tout à coup, il s'était retrouvé seul avec sa mère alcoolique, abandonné par ses pères — le biologique et celui qui l'avait élevé jusqu'alors.

Il baissa les yeux vers son téléphone. Il avait envie d'appeler Cassandra. Il refoula vite cette idée. Mieux valait garder ses distances.

Mais combien de temps allait-il pouvoir continuer ainsi ? Combien de temps allait-il encore l'ignorer ?

Il s'étira et leva les yeux au ciel. Il lui suffisait de penser à Cassandra pour que son corps se réveille instantanément et que ses sens soient en alerte.

Il allait vraiment lui être difficile de rester loin d'elle bien longtemps ; sinon, il allait devenir fou…

Installée dans son lit, Cassandra entendit la porte d'entrée se fermer. Sans doute ses gardiens, ainsi qu'elle surnommait la gouvernante et le cuisinier, partaient-ils pour la nuit.

Elle commençait à se sentir mieux. Depuis qu'elle passait ses journées sans bouger, les nausées étaient devenues plus rares, plus légères, exactement comme le médecin l'avait prédit.

Elle se raidit, elle entendait des pas dans le couloir. Pourquoi l'un des deux employés viendrait-il la voir à cette heure tardive ? A moins que… Marco ?

Son cœur se mit à battre un peu plus vite dans sa poitrine. Elle ne l'avait pas revu, depuis qu'elle était arrivée à Rome. Soudain mal à l'aise, elle se recoiffa avec les doigts et se pinça les joues pour leur donner des couleurs.

— Puis-je entrer ? lui demanda Marco en poussant la porte.

Pourquoi lui posait-il la question ? Il était déjà dans la pièce !

Cassandra déglutit avec peine. Son cœur battait maintenant si fort qu'elle était incapable de parler. Elle avait envie d'être en colère contre lui, car il ne l'avait pas informée de son retour, ne lui avait même pas dit s'il serait de retour un jour. D'un autre côté, elle avait très envie d'avoir de la compagnie.

Hésitante, elle le dévisagea. Il semblait encore plus sombre que d'habitude, et plus distant.

— Il n'est pas trop tard ? lui demanda-t-il en avançant.

Si, beaucoup trop tard, mais elle ne le dit pas. Elle le dévorait du regard, à présent. Elle ne pouvait pas résister à la tentation, il était si sexy !

Elle se reprit. Certes, elle le trouvait beau comme un dieu, mais hors de question de lui montrer combien il lui faisait de l'effet.

— Je pense que je peux rester encore éveillée le temps de dire bonjour.

Elle haussa les épaules, comme si de rien n'était. Pourtant, un homme — et quel homme ! — était dans sa chambre et elle était à moitié nue dans un lit. Elle attrapa un oreiller et le plaça devant elle comme un bouclier.

— A vrai dire, je ne t'attendais pas ce soir.

— Ce n'est pas étonnant, je ne t'ai pas dit quand je revenais.

— As-tu fait bon voyage ?

— Oui.

Son ton était froid, comme s'il voulait lui rappeler que sa vie ne la regardait pas. Il s'approcha un peu plus. Cassandra retint son souffle. Il était si proche qu'elle ne pouvait plus le fuir. De toute façon, fuir ne faisait pas partie de sa nature.

C'était pour lui permettre de reprendre des forces que Marco l'avait amenée ici, n'est-ce pas ? Car quand elle voyait les étincelles sensuelles dans son regard couleur chocolat, elle avait des doutes.

Elle ferait mieux d'ignorer ces étincelles, elle le savait. Si Marco avait eu d'autres motivations, il n'aurait pas disparu ainsi pendant plusieurs jours. Hélas ! son corps semblait avoir une autre appréciation de la situation que sa raison, et Cassandra en était réduite à prier pour que son excitation ne soit pas visible.

En fait, ce n'était pas juste son corps qui avait faim de sensualité, c'était aussi son âme. Marco était le père de son enfant et elle le désirait, à quoi bon le nier. Depuis qu'elle l'avait rencontré, elle avait envie d'être avec lui, de discuter avec lui, d'apprendre à le connaître. Et, ce soir, elle mourait d'envie de se perdre entre ses bras, de s'abandonner contre sa peau, de succomber à l'incroyable volupté de ses baisers.

Sans un mot, il s'assit sur le lit et l'attira à lui.

— Dis-le-moi si tu veux que je m'arrête, lui murmura-t-il dans le creux de l'oreille.

Devait-elle le repousser ? Cassandra n'en avait pas la force, et encore moins l'envie. Malgré la froideur de Marco, elle ne pouvait oublier ses sentiments pour lui. Personne d'autre n'en avait jamais fait naître de tels en elle.

Elle l'aida à retirer sa veste et le regarda desserrer sa

cravate. Ensuite, il lui déboutonna sa veste de pyjama. Elle frémissait d'impatience.

Les yeux dans les yeux, il referma la main autour de l'un de ses seins, et l'intensité de son excitation monta en flèche. Ces caresses lui avaient tellement manqué…

— Tes seins sont plus ronds, murmura-t-il d'une voix enjôleuse en finissant de la déshabiller. Ça me plaît. Tu es encore plus belle.

Et lui était beau à tomber. C'était l'homme qui avait transporté des tapis et des sacs de sable pour protéger et sauver sa maison de campagne. C'était surtout le père de son enfant, et elle le désirait, sans questions, sans critiques, sans reproches. Elle le désirait de la façon la plus animale possible. Elle voulait ne faire plus qu'un avec lui. Oubliées, toutes les interrogations qui la tenaillaient un peu plus tôt. Cassandra était maintenant prête à s'offrir à lui, corps et âme.

Il posa la main sur son ventre arrondi. Elle sursauta, surprise. Il retira ensuite la main et déposa un baiser affectueux à la place. Emue par la tendresse de ce geste, elle frissonna et son rythme cardiaque accéléra.

Hélas ! le moment ne dura que l'espace d'une seconde.

Marco enfouit le visage entre ses seins ronds et elle oublia tous ses doutes. Toute raison la déserta. Une sensation de désir à couper le souffle venait de se mettre à tourbillonner en elle, lui donnant le vertige.

Sans un mot, il lui attrapa les poignets et les lui plaqua au-dessus de la tête, avant de prendre possession de sa bouche avec gourmandise, passion, allumant une multitude de feux d'artifice en elle, accentuant encore son excitation.

— Est-ce que tu me désires ? lui demanda-t-il entre deux baisers humides dans le creux du cou.

— Oui.

Oui, elle le désirait, plus que tout, et elle n'en pouvait plus d'attendre. Tous ses sens étaient en alerte. Dans ses veines, son sang avait été transformé en lave. Elle bouillait. Elle le voulait en elle, tout de suite.

Il la débarrassa de son bas de pyjama et elle se laissa faire, docile. De toute façon, elle n'avait plus la force de réagir.

Il glissa un doigt en elle et Cassandra rejeta la tête en arrière. Elle se mordit la lèvre pour retenir un cri de plaisir. Marco était un véritable expert. Il savait comment lui faire perdre la tête. Il savait comment la caresser, à quel tempo, avec quelle pression, pour la torturer, l'envoûter, lui faire perdre toute notion de la réalité.

— C'est si bon…

Elle ne pouvait rien dire d'autre. Elle n'arrivait plus à articuler le moindre mot. Elle était éperdue de désir, éperdue de plaisir.

— J'ai l'impression que tu as retrouvé goût à la vie, remarqua-t-il, moqueur. Et goût à l'amour.

Pour toute réponse, elle lui adressa un sourire.

— Tu te sens mieux ? poursuivit-il.

— Pas encore, haleta-t-elle. Je crois qu'il faut que tu continues…

Comme s'il devinait ses désirs et son impatience, il glissa une cuisse entre ses jambes pour les écarter un peu plus. Elle était exposée à son regard, mais elle n'en était pas gênée. Dans ses yeux, elle se voyait belle et confiante. Elle se sentait surtout sûre de son désir et de son pouvoir de séduction.

Lorsqu'elle toucha enfin les étoiles, elle manqua de s'évanouir tellement les sensations étaient puissantes, intenses. Alors elle s'assoupit, comblée.

Lorsque Cassandra rouvrit les yeux, Marco était debout à côté du lit, visiblement prêt à partir.

— Où vas-tu ?

Elle tendit la main pour essayer de le rattraper. Elle n'avait pas envie qu'il s'en aille. Elle se sentait seule, sans lui.

Il déposa un petit baiser sur sa joue.

— Tu as besoin de dormir. Et moi aussi. J'ai beaucoup de travail, demain. Ne t'inquiète pas, je dors ici et je passerai avant de partir pour voir si tu as besoin de quoi que ce soit.

Il lui adressa un petit signe de la main. Cassandra le regarda s'éloigner tandis que les questions se bousculaient en elle.

Marco était beau et avait été merveilleux avec elle, mais que savait-elle de lui ? Que savait-elle de l'homme qui se cachait derrière la façade ?

Rien.

L'avait-il fait venir en Italie pour lui faire l'amour ? La considérait-il comme une maîtresse en contrat à durée déterminée ? Elle n'avait pas la moindre idée de ce qu'il pensait. Il était si froid, lorsqu'ils ne faisaient pas l'amour.

Jamais il ne lui avait montré le moindre sentiment, jamais il n'avait même donné l'impression qu'il en éprouvait pour elle, sauf lorsqu'il avait déposé un baiser sur son ventre.

Après réflexion, peut-elle la considérait-il juste comme une mère porteuse. Peut-être avait-il simplement besoin d'un héritier…

10.

Le lendemain matin, Marco ne s'arrêta pas dans sa chambre avant de partir travailler, contrairement à ce qu'il avait promis.

Aurait-elle voulu qu'il passe la voir ? Elle l'ignorait. Peut-être valait-il mieux qu'elle garde ses distances avec lui. A vrai dire, elle ne savait plus quoi penser, elle se retrouvait complètement perdue. Depuis qu'elle était enceinte, son esprit fonctionnait au ralenti.

Elle ne s'était jamais appuyée sur personne à part sa marraine, ne s'était jamais attachée à aucun homme. Alors il fallait à tout prix qu'elle se reprenne, qu'elle retrouve cette confiance en elle qu'elle possédait avant de tomber enceinte.

Depuis qu'elle vivait chez Marco, elle s'était bien trop ramollie. Si elle n'y prenait garde, elle allait bientôt lui faire couler son bain ou lui apporter ses chaussons à son retour du bureau ! C'était hors de question.

Elle avait d'autant moins de raisons de s'attendrir qu'elle n'avait même plus de nausées. Elle n'avait plus d'excuse.

Elle se sentait mieux et, pourtant, elle ne faisait rien de ses journées. Il fallait que quelque chose change, mais quoi ?

Habillée, elle rapporta son plateau du petit déjeuner à la cuisine. Tant pis si la gouvernante et le cuisinier pensaient que ce n'était pas à elle de le faire. Elle avait deux bras, deux mains, et elle refusait d'être servie du matin au soir.

Elle remercia le cuisinier pour le petit-déjeuner et s'excusa de ne pas avoir tout mangé.

— C'était délicieux, répéta-t-elle plusieurs fois.

— Avez-vous besoin d'autre chose, *signorina* ?

— Rien, merci.

Elle ferma la porte.

— Quel est le problème avec ma nourriture ? entendit-elle le chef dire derrière la porte. Elle n'aime pas ce que je prépare ?

— Elle est enceinte, lui répondit la gouvernante. C'est pour cette raison qu'elle ne mange rien.

— Di Fivizzano l'a mise enceinte ?

Le couple éclata de rire et elle se figea, mal à l'aise.

— Il était temps, continua le chef. Un homme comme lui a besoin d'un héritier.

A ces mots, un frisson glacial glissa le long de son dos.

— D'accord, mais je ne comprends pas pourquoi il a choisi celle-ci, répliqua la gouvernante. Il aurait pu trouver une femme plus belle, ou plus intéressante. Je me demande bien combien pourrait valoir une telle information…

Cassandra décida qu'elle en avait assez entendu. Il ne lui restait plus qu'à espérer que le cuisinier et la femme de chambre ne faisaient que blaguer…

La nouvelle lui parvint alors qu'il était en réunion : son assistante lui passa l'information sur un bout de papier. Marco se retint d'exploser. Pourtant, il était furieux. Fou de rage, même.

Il était plutôt discret et refusait que sa vie privée fasse les grands titres des journaux. Il refusait également que Cassandra soit exposée à la curiosité des journalistes. C'était pour cette raison qu'il avait gardé secrète sa présence dans son appartement : il fallait à tout prix qu'elle puisse mener à terme sa grossesse dans le calme et la sérénité.

Et dire qu'il avait fait confiance à ses employés de maison…

— Je pensais que vous étiez censé vérifier le passé des candidats à l'embauche ! lança-t-il un peu plus tard, rageur, à son chef de la sécurité. C'est pour cela que je vous paye. Ou plutôt que je vous payais : vous êtes viré.

Il n'avait pas envie d'entendre l'homme lui expliquer que l'erreur était humaine et que le passé de la gouvernante et du cuisinier avait été vérifié. Il refusait d'entendre la moindre excuse, il n'était pas d'humeur.

Il annula son rendez-vous suivant. Il avait besoin d'être seul, il avait besoin de réfléchir.

Pourquoi le travail était-il aussi simple et tout ce qui se rapportait à Cassandra aussi compliqué ? Avait-il vraiment peur des ragots ? Ou bien était-il en colère car il voyait que sa vie évoluait ? Avec un enfant, sa vie changerait en effet du tout au tout.

Cet enfant était-il le sien ? Pourquoi ne pouvait-il pas faire confiance à Cassandra ? Pourquoi ne pouvait-il pas la croire ? Son propre passé le hanterait-il toute sa vie ?

Les questions qui le tenaillaient étaient tellement nombreuses qu'il avait l'impression de devenir fou.

Lorsqu'il arriva à l'appartement, ses employés avaient déjà quitté les lieux. Bon débarras. Mais Cassandra ne s'y trouvait pas non plus…

Il revérifia toutes les pièces, l'une après l'autre, et son inquiétude grandit. Où était-elle ? Pourquoi était-elle sortie ? Et pour aller où ? Certes, elle avait meilleure mine et avait repris des forces, mais elle devait toujours faire attention.

Il appela son chauffeur, puis demanda à son détective privé de vérifier auprès des compagnies de taxis. Personne n'avait emmené à l'aéroport depuis chez lui une jeune femme enceinte parlant anglais.

Cassandra s'était volatilisée.

Sans réfléchir, il alluma la télévision et se figea. Le journaliste parlait justement de son aventure avec Cassandra.

Il n'avait pas le choix. Il fallait à tout prix qu'il la retrouve avant les paparazzis.

Trop tard ! Les images en direct de journalistes en train de l'entourer apparurent à l'écran. Il reconnaissait les lieux : elle était dans le parc, juste de l'autre côté de la rue.

Cassandra enfouit les mains dans les poches de son jean et soupira. Elle était lasse. Elle comprenait enfin ce qu'avaient dû subir ses parents.

Ce n'était pas la première fois qu'elle se retrouvait sous les feux de la rampe. Après la mort de ses parents, les journaux avaient en effet beaucoup parlé d'elle, la petite fille qui avait vécu seule au milieu des reliefs d'orgies. Ses parents avaient gâché leur vie en buvant et en se droguant, sans doute pour fuir l'échec. Une stupide dispute, et ils avaient fini tous les deux noyés dans leur piscine. Pendant des années, ils avaient souffert de la pression constante de la presse. Mais elle, elle ne se laisserait pas facilement intimider.

Les photographes qui la pourchassaient n'étaient qu'une bande de hyènes ; ils se nourrissant de la misère et du désespoir des autres. Comme elle était la maîtresse de Marco di Fivizzano, ils allaient l'étudier sur toutes les coutures, examiner toutes ses faiblesses et la montrer au monde entier. Surtout son ventre.

Un homme se coucha tout à coup devant elle, pour la prendre en photo. Cassandra leva les yeux au ciel. C'était ridicule !

— Avez-vous une déclaration à faire ? lui demanda l'homme.

— Connaissez-vous le sexe du bébé ? lui demanda un autre.

— Allez-vous vivre avec Marco quand le bébé sera né ?

Elle allait répondre que tout cela ne les regardait pas lorsque tout à coup, comme par miracle, Marco fit son apparition. Il passa un bras autour de ses épaules pour la protéger et jeta quelques mots menaçants aux journalistes.

Sans un mot, il l'entraîna hors du parc.

— Bon sang, Cassandra, je t'ai cherchée partout ! Pourquoi es-tu sortie ?

— J'avais juste besoin de prendre l'air.

— Tu aurais pu m'appeler !

— Je ne voulais pas te déranger, mais je ne pouvais pas rester plus longtemps dans cet appartement entre deux employés de maison qui se moquaient sans cesse de moi.

— Ne t'inquiète plus pour eux, je les ai licenciés.

— Excuse-moi. Je suis pathétique. Depuis que je suis enceinte, je suis hypersensible.

Elle se moucha et s'essuya les yeux. Elle regarda derrière elle. Les photographes et cameramen étaient en train de s'éloigner. Apparemment, ils n'avaient pas très envie de faire face à Marco…

— Penses-tu que ce sont le cuisinier et la gouvernante qui nous ont dénoncés ? demanda-t-elle.

— Qui d'autre aurait pu prévenir la presse ? répliqua-t-il en lui ouvrant la porte de l'immeuble.

— Je les ai entendus dire qu'il y avait sans doute un moyen de gagner beaucoup d'argent.

— C'est un gain à court terme. Ni l'un ni l'autre ne retrouvera du travail dans cette ville, après ça. Plus personne ne leur fera confiance.

Il l'invita à monter dans l'ascenseur.

— Dis-moi, comment te sens-tu ? reprit-il d'un ton gentil.

Cassandra se tourna vers lui. Il semblait vraiment inquiet.

— La gouvernante a suggéré que tu m'utilisais pour le sexe, et aussi pour avoir un héritier. J'ai eu besoin de sortir de l'appartement pour me changer les idées. Malgré ma rencontre avec les paparazzis, je ne le regrette pas car cela m'a permis de mieux comprendre ce que mes parents ont dû ressentir lorsqu'ils étaient poursuivis par les photographes.

— C'est la première fois que tu parles d'eux, fit remarquer Marco.

— J'ai refoulé mon passé pendant si longtemps qu'il m'est devenu difficile d'en parler. Je leur en ai tant voulu, lorsque j'étais adolescente… J'avais l'impression qu'ils m'avaient abandonnée.

Elle s'arrêta brusquement de parler. Son compagnon semblait tendu, tout à coup. Il fronçait les sourcils.

— Ai-je dit quelque chose de déplacé ? demanda-t-elle.

Il ne répondit pas, mais sa mâchoire était serrée. Peut-être ressentait-il la même chose qu'elle…

— Je peux t'aider, osa-t-elle proposer lorsque les portes de l'ascenseur se rouvrirent.

Il écarquilla les yeux.

— Tu peux *m'aider* ?

— Tu n'as pas le temps de tout gérer. C'est à cause de cela que tu t'es retrouvé avec un cuisinier et une gouvernante qui n'étaient pas dignes de confiance.

— Et que suggères-tu ?

Marco n'était pas habitué à ce que ses interlocuteurs lui donnent des ordres, ou même des conseils, mais elle avait quelque chose à dire et rien n'allait l'arrêter :

— Tu dois essayer d'engager des gens comme Maria et Giuseppe. Si tu me le permets, je pourrais t'aider à en trouver. Pense au temps que cela te ferait gagner. Peut-être que cela t'aiderait à être moins distant, avec tes employés mais aussi avec moi.

Il lui adressa un regard qui voulait sans doute dire qu'elle devait s'arrêter là et changer de sujet. Pour autant, Cassandra ne faiblit pas. Elle n'était pas impressionnée. Au contraire, elle le regardait droit dans les yeux.

Marco soutint le regard de la belle jeune femme qui le défiait. Elle avait une audace admirable. Après l'incident au parc, elle ne s'était pas effondrée, elle ne s'était pas recroquevillée sur elle-même comme l'auraient fait d'autres femmes. Non, elle avait continué à aller de l'avant. Ce qui ne signifiait pas qu'il allait l'autoriser à se mêler de ce qui ne la regardait pas.

— Va-t-on rester devant la porte toute la journée ? s'impatienta-t-il.

— Tu n'as toujours pas répondu ma question : veux-tu que je t'aide à engager des employés de maison ?

— Ce n'est pas nécessaire. Désormais, je m'occuperai moi-même de toutes les embauches.

Elle hocha la tête. Elle ne semblait pas convaincue par sa réponse.

— M'aurais-tu engagée ?

Quoi ? Il plissa le front, décontenancé par sa question. L'aurait-il engagée ? A vrai dire, la réponse était sans doute non. Mais il n'avait pas envie de parler.

— Tu dois t'ennuyer toute la journée dans l'appartement. Maintenant que tu as repris des forces, je vois que tu as besoin de t'occuper. Si tu veux, je passerai quelques coups de fil demain, pour voir si je te trouve un emploi à mi-temps.

— C'est très gentil de ta part, mais ce n'est pas nécessaire. J'ai appelé l'ambassadeur sur le numéro privé qu'il m'a donné lors de la soirée. Je lui ai proposé de travailler bénévolement dans les jardins de l'ambassade, et il a accepté.

— Tu as un travail ? s'étonna Marco.

— Oui, j'ai un travail.

Son instinct protecteur se réveilla instantanément.

— Après l'expérience de tout à l'heure, tu désires vraiment sortir et risquer d'être suivie par les paparazzis tous les jours ?

— Je ne travaillerai pas tous les jours. Et tu sais comme

moi que les jardins d'une ambassade sont bien surveillés. Là-bas, personne ne pourra m'approcher.

— Tu aurais pu me dire quelles étaient tes intentions.

— Parce que toi, tu me parles de tes projets ?

Il ne répondit pas tout de suite. Pour qui se prenait-elle, à lui parler sur ce ton ? L'agacement était en train de le gagner.

— Ce n'est pas le sujet, rétorqua-t-il.

— Non ? Je n'ai pas à te demander ta permission avant de faire quoi que ce soit. Je te remercie de tout ce que tu as déjà fait pour moi. Je sais que j'étais malade lorsque je suis arrivée ici, mais maintenant, je me sens mieux. Je suis suffisamment en forme pour me remettre au travail.

— Tu as toujours besoin de te reposer.

— Non, je vais bien. Et j'irai encore mieux lorsque je pourrai travailler dehors, dans un jardin.

Sa détermination était adorable, admirable, même si elle le rendait fou.

— As-tu pensé au jardin sur la terrasse ?

Marco n'y avait pas pensé plus tôt, mais cela pouvait être la bonne solution.

— De quoi parles-tu ? Es-tu en train de me dire qu'il y a un jardin sur le toit ?

— Laisse-moi te le montrer.

Il l'entraîna vers un escalier. En haut, il ouvrit une porte et l'invita à découvrir l'une des plus belles vues sur Rome.

— Mon Dieu… C'est magnifique ! s'exclama-t-elle.

— J'aurais sans doute dû t'en parler, mais je monte ici si rarement. Tu pourrais t'occuper de ce jardin, non ?

— Il est vraiment beau, mais il est parfaitement entretenu. Il n'y a rien à faire ici, à part admirer les fleurs et les plantations. J'ai besoin d'un véritable travail.

— Le bébé ne te suffit pas ?

— Ce n'est pas la question. J'ai juste envie de faire le travail que j'aime.

Cassandra frémit en voyant Marco esquisser un sourire. Il avait l'air de la comprendre. Enfin !

— Je pourrais admirer ta détermination si tu n'étais pas aussi exaspérante !

— Alors je vais faire mon possible pour mériter ton admiration et essayer d'être moins exaspérante.

Il lui sourit, puis ils redescendirent à l'appartement.

— Viens te coucher avec moi, ce soir, proposa-t-il soudain.

Elle se tourna vers lui. Elle mourait d'envie de répondre oui. Elle désirait Marco, et pas juste physiquement. Elle avait besoin de lui.

Comme s'il devinait ses pensées, il lui effleura les lèvres des siennes. Pour toute réponse, elle l'embrassa avec tout le désir qu'elle éprouvait pour lui, puis le suivit jusqu'à sa chambre.

Il ferma la porte derrière eux. Sans attendre, il la débarrassa de ses vêtements et la fit s'allonger sur le lit. Puis il commença à déboutonner sa chemise avant de la laisser tomber au sol. Le désir de Cassandra, qui ne le quittait pas des yeux, grandissait à mesure que Marco se déshabillait. Il atteignait maintenant des sommets. Son corps était une véritable œuvre d'art, avec ses muscles parfaitement dessinés et sa peau d'une appétissante couleur caramel.

Il s'allongea de tout son long derrière elle et posa une main dans le creux de son dos. Elle répondit immédiatement et se cambra. Elle mourait d'envie de sentir ses caresses. Elle mourait d'envie de sentir ses mains expertes sur son corps en feu.

Avec une lenteur calculée et une surprenante tendresse, Marco lui écarta les jambes et glissa l'extrémité de son érection en elle, jusqu'à ce qu'elle se détende.

— Tu aimes ?

Sa voix sensuelle lui donnait des frissons.

— Oui.

Le sexe n'était pas un but en soi, elle le savait. Mais en attendant que leur situation évolue, c'était le seul moyen dont elle disposait pour être proche de l'homme qui faisait battre son cœur.

11.

Son travail dans les jardins de l'ambassade lui plaisait encore plus qu'elle n'avait imaginé. Cassandra était heureuse, épanouie. Elle appréciait beaucoup ses collègues et améliorait son italien. Et puis quel bonheur de travailler dehors, les mains dans la terre ! Elle était tellement détendue qu'elle commençait presque à considérer l'appartement de Marco comme sa maison.

A condition cependant d'éviter de penser au futur…

Elle posa une main sur son ventre et esquissa un sourire. Elle aimait déjà son bébé de tout son cœur et ferait son possible pour lui offrir la meilleure vie possible.

Une chose était certaine : elle donnerait naissance à son bébé en Angleterre. Rester en Italie jusqu'à la naissance était bien trop risqué, notamment parce que Marco travaillait de plus en plus. Soit il essayait de l'éviter, pour ne pas s'engager émotionnellement, soit il la fuyait pour tenter d'exorciser ses propres démons. Dans tous les cas, elle ne pouvait pas compter sur lui.

Il était en voyage d'affaires depuis plusieurs jours et, d'après ses informations, devait rentrer le soir même. Elle était impatiente. Impatiente de le voir, mais aussi de lui parler. Elle ne pouvait pas attendre plus longtemps. Le temps passait ; ils devaient discuter du futur.

Un futur qui, avec un peu de chance, serait synonyme de vie de famille.

Elle devait surtout annoncer à Marco qu'elle se sentait

suffisamment en forme pour rentrer chez elle. Jamais elle ne pourrait le remercier assez pour l'aide et le soutien qu'il lui avait offerts pendant qu'elle était malade, mais sa décision était prise. Elle rentrait en Angleterre.

A l'idée de quitter Marco, les larmes lui montèrent aux yeux. Bon sang, que lui arrivait-il ? Etait-elle en train de tomber amoureuse de lui ?

Non. Elle était *déjà* tombée amoureuse de lui ; de cet homme complexe mais si séduisant, si sexy, si envoûtant.

Marco avait l'air épuisé. Apparemment, son voyage avait été éprouvant.

— *Cara mia*, tu es magnifique, lui lança-t-il néanmoins, souriant.

« *Mia*… » C'était la première fois qu'il utilisait un possessif, qui indiquait qu'elle lui appartenait. Cela ne la dérangeait pas. Au contraire, elle aimait savoir qu'elle était sienne dans son esprit.

« Magnifique » avait-il dit, également. Sur ce point-là, elle avait des doutes. Elle n'était pas belle, elle le voyait bien dans le miroir. En plus, elle se sentait aussi lourde qu'un hippopotame et… Elle refoula ces pensées : ce n'était pas le moment de s'apitoyer.

— Tu as l'air fatigué. Puis-je te servir un verre ?

— C'est gentil, mais c'est plutôt à moi de m'occuper de toi, *cara*.

Il s'approcha d'elle, le regard brûlant, l'air prédateur. Cassandra recula jusqu'à se retrouver dos contre le mur.

— Cela te rappelle des souvenirs ? demanda Marco avec un sourire coquin.

— Quelques-uns, concéda-t-elle.

Des souvenirs de volupté et de sensualité qu'elle rêvait de revivre. Elle mourait d'envie qu'il l'embrasse avec passion, qu'il plaque son corps puissant contre le sien et lui fasse l'amour.

— Et ceci ?

Il déposa une série de baisers gourmands dans le creux de son cou.

— J'ai l'impression que de nouveaux souvenirs remontent à ma mémoire…

Ensorcelée, hypnotisée, Cassandra ferma les yeux et bascula la tête en arrière, prête à s'abandonner. Un besoin désespéré de sentir le corps de Marco contre le sien venait de l'envahir, comme une fièvre qui la brûlait.

— Tu as les plus beaux seins du monde, affirma-t-il.

— Merci du compliment. Je te rappelle juste que tu n'as toujours pas fermé la porte d'entrée.

Sans cesser de l'embrasser, son bel Italien donna un coup de pied dans la porte pour la fermer.

— C'est mieux ?

— Pas tout à fait.

— Dans ce cas-là, y a-t-il quoi que ce soit que je puisse faire pour améliorer ta situation ?

— Peut-être…

Il prit son visage en coupe, puis pencha le sien jusqu'à lui capturer la bouche avec une douceur extrême. Cassandra fondit. Ce baiser était doux, sensuel, différent de tous les baisers qu'ils avaient partagés jusqu'alors. En même temps, il était aussi plus envoûtant et allumait des foyers de désir partout en elle.

— La chambre ? proposa-t-il d'une voix enjôleuse.

Elle frissonna, gagnée par la chair de poule.

— Si tu penses que c'est la meilleure solution…, susurra-t-elle, mutine et aguicheuse.

Marco lui adressa un clin d'œil.

— Dans ton état, je pense que faire l'amour debout contre le mur n'est pas recommandé. Ne t'inquiète pas, je te promets que tu ne seras pas déçue.

— Tu es sûr ?

— J'en suis certain.

Il la prit dans ses bras et la porta jusqu'à la chambre. Là, il la déposa délicatement dans le lit et lui adressa un clin d'œil qui électrisa tous ses sens, avant de gagner la salle de bains.

Il en sortit quelques minutes plus tard, une serviette nouée autour de la taille. Son torse était toujours aussi musclé, ses pectoraux parfaitement dessinés, bronzés sous une fine toison. Se lasserait-elle un jour de le dévorer du regard ? se demanda Cassandra.

Elle regarda sa bouche finement ourlée, sensuelle à souhait. Jamais elle n'avait ressenti une telle faim de volupté. Elle n'était plus qu'une boule de désir. Tous ses sens étaient en alerte.

Marco se lova contre son dos et l'enlaça.

— J'adore cette position. Elle est parfaite pour faire l'amour, comme tu es enceinte.

— Elle est aussi parfaite quand je ne suis pas enceinte, le taquina-t-elle.

Elle adorait sentir sa virilité puissante dans le creux de ses reins. Elle adorait percevoir sa chaleur irradier tout son dos et se répandre partout en elle. De plus en plus impatiente, elle s'arc-bouta contre lui et se mit à onduler des hanches. Elle le voulait en elle, tout de suite. Elle ne pouvait plus attendre. Des ondes brûlantes parcouraient son corps fiévreux.

— J'ai besoin de toi, souffla-t-elle.

Son merveilleux amant s'insinua en elle. Cassandra retint son souffle, charmée, subjuguée.

— Moi aussi.

Il se mit à aller et venir en elle, de plus en plus vite, de plus en plus fort. Quand elle explosa, la volupté de l'amour la submergea. Une vague de sensations à couper le souffle l'envahit, et elle perdit tout contrôle d'elle-même.

Elle ferma les yeux. Elle était au paradis.

*
* *

Marco esquissa un sourire. Cassandra était si adorable quand elle dormait... Il n'avait pas le courage de la réveiller.

Il se dirigea vers la cuisine pour lui préparer son petit-déjeuner et le lui servir au lit. Il était important qu'elle se repose, n'était-ce pas ce qu'il lui disait du matin au soir ? Là, c'était sa faute si elle était fatiguée : ils avaient fait l'amour toute la nuit.

Malgré ces heures de volupté partagée, ces corps-à-corps d'une intensité à couper le souffle, il n'était toujours pas rassasié. Jamais il n'avait ressenti cela. Jamais il n'avait passé la nuit à faire l'amour et ne s'était réveillé avec l'envie de recommencer. Et jamais non plus il n'avait servi le petit-déjeuner au lit à une femme. En tout cas, pas depuis qu'il avait essayé de remonter le moral de sa mère alcoolique...

Au souvenir de sa mère, il lâcha un long soupir. Le prêtre qui l'avait enterrée avait veillé à ce qu'il ait toujours un toit sur la tête, un repas par jour et qu'il aille à l'école. L'orphelinat avait été une terrible expérience, mais il avait survécu ; et aujourd'hui, plus rien au monde ne pouvait l'arrêter.

A l'exception de ses sentiments pour Cassandra.

Hélas ! il ne pouvait rien lui offrir. Il ne pouvait pas s'engager. Il refusait également de lui donner le moindre faux espoir et de risquer de la blesser.

La jeune femme était en train de se réveiller lorsqu'il revint dans la chambre. Elle lui adressa un adorable sourire lascif qui lui donna la chair de poule.

— Tu m'as préparé à manger ? Merci !

— C'est dans mon intérêt de te donner des forces.

— Arrête de jouer les gros durs. Je sais que derrière ton masque de pierre se cache un homme doux et gentil. Tu as un cœur grand comme ça, et de nombreux sentiments à offrir. Le problème, c'est que tu as peur de les regarder en face.

— Peur ?

Marco recula. Il refusait d'avoir cette conversation avec elle.

— Tu n'as peur de rien, reprit-elle, à l'exception de ce qui est en toi.

— Je ne sais pas de quoi tu parles.

— Viens ici, dit-elle en lui tendant la main.

— Je ne peux pas. Je dois aller travailler.

— S'il te plaît, donne-moi ta main.

Il fronça les sourcils et soupira. Après tout, il avait bien quelques minutes à lui consacrer. Cassandra lui prit la main et la posa sur son ventre.

— Tu le sens ? Ton fils te dit bonjour.

— Oh…

Sous le choc, Marco recula, mais elle reprit sa main et la reposa sur son ventre.

— N'aie pas peur.

Il ne répondit pas. Il se concentra sur les sensations sous sa paume. Malgré sa détermination, il ne pouvait pas résister au miracle de la vie. Un tsunami de tendresse l'envahit.

— Mon Dieu, je le sens ! C'est ton bébé !

Il n'en revenait pas.

— Non, c'est *notre* bébé.

Cassandra avait tant de choses à dire à Marco ! Elle voulait se livrer, le toucher, lui faire oublier tous ses soucis ; mais, avant, il devait lui faire confiance.

— Marco ?

Il ne répondit pas et sortit de la chambre. Il semblait pressé de partir.

Elle avait bien vu qu'il avait été heureux de sentir leur enfant, alors pourquoi avait-il peur, tout à coup ? Pourquoi semblait-il totalement déstabilisé ? Si sa seule inquiétude était l'identité du père, il lui suffirait de faire un test.

Elle avait cependant l'impression qu'il y avait plus, qu'il y avait quelque chose de terrible qui avait dû le marquer pour toute la vie. Mais quoi ?

En sortant des jardins de l'ambassade, Cassandra retrouva Paolo, le chauffeur de Marco. Celui-ci la conduisit à l'appartement et insista pour l'escorter jusqu'à la porte d'entrée.

— Marco est un homme bon, déclara-t-il. Je travaillais pour son père, autrefois.

— Vous avez travaillé pour le père de Marco ? s'étonna-t-elle.

— Oui.

Paolo baissa la tête, comme s'il regrettait déjà cette confidence.

— Comment en êtes-vous venu à travailler pour Marco ?

— C'est moi qui l'ai conduit à l'enterrement de son père. Il voulait dire un dernier au revoir à cet homme qui ne lui avait pas montré le moindre respect, le moindre amour lorsqu'il en avait le plus besoin. Depuis, je travaille pour lui.

— Merci beaucoup de me l'avoir raconté.

Il haussa les épaules.

— Je suis désolé, mais je ne peux pas vous en dire plus. Je crois d'ailleurs que j'en ai déjà trop dit.

— Je comprends.

— Vous devriez vous reposer, maintenant. A ce stade de votre grossesse, c'est important.

Il avait raison. Une fois dans l'appartement, Cassandra s'adossa contre la porte et posa les mains sur son ventre, de plus en plus gros.

Elle avait tant à apprendre sur le passé de Marco ! Paolo l'avait aidée à faire un premier pas. Maintenant, il ne lui restait plus qu'à espérer que Marco lui fasse un jour suffisamment confiance pour lui en dire plus…

12.

Marco arriva à l'appartement un peu après minuit. Il aurait pu rentrer plus tôt, mais il avait passé un long moment à tenter d'analyser ses sentiments. Pour être honnête avec lui-même, il devait s'avouer qu'il avait aussi attendu pour être sûr que Cassandra soit endormie.

Il n'avait pas envie de lui parler ce soir.

Les émotions qu'il avait éprouvées lorsqu'il avait perçu la présence du bébé avaient été trop intenses. Depuis, il était complètement perdu. Sous sa main, l'enfant était devenu réel. Dans quelques mois à peine, Cassandra allait devenir mère et lui…

Lui, il n'était sûr de rien pour l'instant. Il ignorait s'il avait peur ou non, il ignorait surtout s'il voulait être père. Il n'avait pas la moindre idée de ce que cela impliquait. Sans compter qu'il n'avait pas de temps à consacrer à un enfant, et qu'il n'était pas fait pour la vie de famille. Quel exemple pourrait-il suivre ? Aucun. En plus, rien ne garantissait qu'il ferait mieux que l'homme qui l'avait déshérité, ou que le père biologique qui n'avait jamais voulu faire sa connaissance.

Il n'était pas insensible, il savait bien qu'il ne pouvait pas traiter Cassandra comme n'importe quelle employée. Il ne cherchait pas à la blesser non plus. Il avait juste besoin de temps.

— Marco ?

— Tu ne dors pas ?

— Je t'attendais.

— Tu devrais dormir, *carissima.*

Il traversa la pièce et déposa un baiser sur la douce joue de Cassandra.

— Je ne peux pas, dit-elle. J'ai besoin de te parler.

— A propos de quoi ?

— De ton passé. Je veux pouvoir te comprendre. Or, je ne peux pas le faire tant que tu ne t'ouvres pas à moi.

Marco recula pour mettre de la distance entre eux. Il n'avait aucune envie de parler, et surtout pas de son passé. Son passé ne regardait personne à part lui.

— Le bébé me donne le droit d'en apprendre plus sur toi, ajouta-t-elle.

Elle s'interrompit, sans doute parce qu'elle l'avait vu lever les yeux au ciel.

— Si tu m'expliquais pourquoi ressentir des émotions t'effraie tant…

— Je n'ai pas peur !

— Crois-moi, Marco, je comprends que…

— Non, tu ne comprends rien ! coupa-t-il avec véhémence.

Cassandra demeura silencieuse un moment, mais continua à le fixer de son regard perçant.

— Parle-moi de ton père.

Marco serra les poings. Cassandra venait de le poignarder en plein cœur, avec cette question. Peu importait s'il lui faisait de la peine, désormais. Au point où il en était…

— Lequel ? Celui que j'ai appelé « papa » pendant des années m'a déshérité. Il nous a jetés à la rue, ma mère et moi, lorsqu'il a découvert que je n'étais pas son fils biologique. Cela s'est passé une nuit de Noël.

Elle mit la main devant sa bouche. Elle semblait horrifiée.

— Et… et ta mère ? bredouilla-t-elle. Qu'est devenue ta mère ?

Il réprima un soupir. Il aurait dû deviner qu'obstinée comme elle l'était, Cassandra ne s'arrêterait pas de sitôt.

Les autres femmes auraient compris qu'il valait mieux changer de sujet, mais pas elle. Elle ne baissait pas les yeux.

— Ta mère, Marco…

— Elle est morte alors que j'étais encore enfant.

Il refusait de parler de sa mère morte alcoolique et sans le sou. Chaque fois qu'il y pensait, il se sentait coupable. Il n'avait que huit ans, à l'époque, mais il s'en voulait de ne pas avoir pu la sauver.

— Que s'est-il passé, ensuite ?

— Je suis allé vivre dans un orphelinat.

— Et ton père biologique ?

— Mon père biologique ? lâcha-t-il avec un rire las. Je ne l'intéressais pas. Il a rapidement disparu.

Cassandra demeura bouche bée, sous le choc. Pauvre Marco, qui avait grandi sans connaître l'amour… Mais il y avait plus, elle le devinait.

— Pourquoi l'homme que tu considérais comme ton père t'a-t-il déshérité ? Il ne t'aimait pas ?

— Qui sait ? Peut-être m'a-t-il aimé au départ. Je l'ai cru, en tout cas. Mais une fois qu'il a eu la preuve que je n'étais pas son fils biologique, il a changé d'attitude. Paolo, qui était son chauffeur à l'époque, m'a avoué qu'il ne se l'était jamais pardonné. Jusqu'au jour de sa mort, il a regretté de nous avoir mis à la porte. Il était cependant trop fier pour l'admettre.

— Marco…

Elle n'avait aucun mot pour le consoler, hélas ! Seulement l'amour le pourrait. Un jour, peut-être. En attendant, ils devaient évoquer leur futur, et celui de leur enfant.

Marco referma ses bras musclés autour de ses épaules, mais elle le repoussa.

— Non. Nous devons d'abord parler.

— Parler ? De quoi ? N'avons-nous pas déjà assez parlé ?

— D'avenir, évidemment.

— De quel avenir ?

Le ton sec de Marco la blessa. Malgré tout, elle refusait de céder ou de faiblir. Elle était bien déterminée à lui dire ce qu'elle avait sur le cœur.

— Je ne peux pas rester à Rome pour toujours.

— Je pensais pourtant que tu étais heureuse, ici.

— Je suis heureuse, et j'adore mon travail à l'ambassade. Mais je dois penser au lendemain. Je dois me préparer à la naissance.

Marco fronça les sourcils. Il ne semblait pas la comprendre.

— Tu n'as aucune raison de t'inquiéter pour l'avenir.

— La situation doit changer.

Cassandra se redressa et plongea dans son regard pour tenter de lire en lui. Hélas ! ses prunelles étaient si sombres qu'elle ne voyait rien.

— Pourquoi ? La situation est parfaite.

— Parfaite ?

— Oui, parfaite. Allez, dors. Je vais prendre ma douche, je te rejoindrai au lit dans quelques minutes.

Marco ferma la porte de la salle de bains derrière lui et lâcha un long soupir. Il n'en pouvait plus. Hors de question d'évoquer le futur avant la naissance, avant d'être sûr qu'il était bien le père du bébé.

Evoquer son passé ne lui avait fait aucun bien. Jamais il n'imposerait à son enfant la jeunesse qu'il avait vécue. Si l'enfant était bel et bien le sien, il veillerait à son bien-être financier, mais pour le reste… Il n'avait pas envie d'y penser. Pas maintenant. Pas encore.

Lorsqu'il sortit de la salle de bains, Cassandra était toujours assise dans le lit, à l'attendre. Il leva les yeux au ciel. Il aurait dû deviner qu'elle ne lâcherait rien, qu'elle ne renoncerait pas. Sa détermination était admirable, il l'applaudissait, mais, de son côté, rien n'avait changé.

— Après ce que tu m'as raconté ce soir, je comprends combien la situation est difficile pour toi, dit-elle d'une voix douce.

— Tu ne sais rien !

Il jeta sa serviette sur une chaise. Il n'avait pas voulu lui crier dessus, mais son passé ne regardait que lui. Il refusait de montrer les blessures de son enfance à qui que soit, y compris à Cassandra.

Elle sortit du lit. Un sentiment de culpabilité le gagna.

— Tu ne peux pas éviter le passé, Marco ! Le passé fait de nous ce que nous sommes aujourd'hui. Si tu continues à repousser les gens parce que tu as peur, ta vie sera un cauchemar. Tu ne connaîtras jamais le plaisir de l'amitié, et encore moins l'amour.

Elle s'interrompit et posa les mains sur son ventre, avant de reprendre :

— Ce bébé est le tien aussi bien que le mien, et j'ai besoin de savoir dans quoi je m'engage. J'ai besoin de savoir ce que le futur nous réserve à tous les trois.

— Je n'ai jamais pensé que cela ne me concernait pas. Je ne vois simplement pas quel est le lien entre mon passé et toi.

— Dans ce cas-là, tu es aveugle ! Il s'agit d'un bébé, d'une petite vie précieuse, alors ne le repousse pas. J'ai bien compris que tu as peur de revivre ta propre jeunesse. Même quand il sera prouvé que l'enfant est bien le tien, tu continueras à te demander si tu peux être meilleur que l'homme qui t'a abandonné. Mais personne ne le sait ! Je ne sais pas quel genre de mère je serai, car je n'ai pas eu la jeunesse la plus stable ; mais, contrairement à toi, je ne fuis pas mes sentiments. Si je ne suis pas une assez bonne mère, alors je me remettrai en cause, je m'améliorerai.

— Tu ne comprends pas…

— Si, je comprends ! Je sais que tu tiens à nous, même si tu essayes de le cacher. Tu tiens à moi, tu tiens à notre bébé, et je sais aussi que tu feras tout ton possible pour protéger ton enfant, pour qu'il ne se sente jamais rejeté. Je sais également que tu es un homme bon.

— Ne me fais pas passer pour un saint, parce que je n'en suis pas un. Même si le bébé est le mien, jamais je ne serai capable d'aimer un enfant. C'est au-delà de mes limites.

— Tes *limites* ? s'emporta-t-elle. C'est la première fois que j'entends dire que l'amour a des limites. Ton cœur grandira pour inclure ce bébé. Ton amour grandira.

Marco secoua la tête, dépassé. Cette conversation lui échappait. Il détestait avoir l'impression de ne pas maîtriser la situation.

— Nous ne pouvons pas continuer ainsi, reprit-elle.

— Pourquoi ? Quel est le problème ? Tu as un emploi que tu aimes, tu vis dans un magnifique appartement à Rome, et…

— Je vis dans une prison avec un homme qui ne ressent rien !

Cassandra lâcha un rire désabusé qui lui glaça le sang. Il ne la reconnaissait plus. Où était passée la jeune femme si dynamique et chaleureuse qui l'avait séduit ?

— Cette vie n'est pas réelle, déclara-t-elle.

— Elle me paraît pourtant bien réelle.

— Parce que rien n'a changé pour toi. Nous vivons côte à côte dans cet appartement, mais nous ne sommes pas proches. Notre relation est à sens unique. Tu me gardes à tes côtés pour des questions pratiques, parce que tu peux faire l'amour quand tu le désires.

— Cela n'a jamais eu l'air de te déranger.

— Je ne peux pas faire de projets, car ma vie n'est pas réelle. Je ne vis pas dans une vraie maison, ton appartement ressemble davantage à un hôtel. Si je ramène le bébé ici, tu ne pourras plus organiser de soirées, et…

— Arrête !

Marco la prit dans ses bras pour qu'elle se calme.

— Tu ne dois pas te mettre en colère, ce n'est pas bon pour le bébé.

— Oui, tu as raison, concéda-t-elle en se dégageant de son étreinte.

Le lendemain matin, Cassandra se leva pleine d'énergie. Elle avait enfin recouvré ses esprits. Même si elle mourait d'envie d'être aux côtés de Marco, il était temps pour elle de faire face à la réalité.

Leur aventure ne menait à rien. Si Marco ne voulait pas faire partie de son futur, tant pis. Mais ils devaient discuter et elle allait le poursuivre jusqu'à ce qu'elle puisse lui parler, les yeux dans les yeux.

Résolue, elle appela Paolo et lui demanda de la conduire jusqu'au bureau de Marco. Son but n'était pas de le mettre dans l'embarras devant ses employés, juste de parler.

Lorsque Paolo se gara devant les bureaux de l'entreprise di Fivizzano, Cassandra prit une longue inspiration pour rassembler son courage.

Elle ne pouvait plus faire marche arrière, désormais.

13.

Cassandra ? La surprise envahit Marco lorsque sa secrétaire lui annonça qui l'attendait dans la salle d'attente. Pourquoi était-elle ici ? Qu'y avait-il de si urgent qu'elle ne pouvait pas attendre de le voir ce soir ?

Marco était debout lorsque Cassandra entra dans son bureau. Face à la fenêtre, elle le trouvait encore plus grand, plus puissant que d'habitude. Plus menaçant, aussi. Hors de question toutefois de se laisser intimider.

— Que fais-tu ici ? lâcha-t-il d'un ton neutre.

Elle décida de passer outre la fraîcheur de son accueil. Apparemment, la politesse était en option, aujourd'hui. Pourtant, elle le devinait surpris par sa visite.

— Puis-je m'asseoir ? demanda-t-elle.

— Evidemment.

— Que veux-tu ?

— Je dois te parler, c'est important.

— Etais-tu vraiment obligée de venir jusqu'au bureau pour me parler ? Nous vivons dans le même appartement…

— … où tu fais tout pour m'éviter, dit-elle calmement.

— Je passe plus de temps avec toi qu'avec qui que ce soit d'autre !

Oui, au lit. A cette pensée, ses joues s'empourprèrent.

— C'est vrai. Malgré tout, nous n'avons toujours pas parlé du futur.

— *Encore* ? s'exclama-t-il. Tu veux encore parler du futur ?

Elle croisa les bras, déterminée à ne pas se laisser impressionner.

— Oui, encore.

Marco dévisagea sa visiteuse. Elle ne ressemblait plus à la jeune femme qu'il avait rencontrée en Toscane. Elle avait changé, elle était plus forte. Avec ses bras croisés sur son ventre, elle lui faisait même penser à une lionne prête à tout pour défendre son petit.

Sa secrétaire le sortit de sa réflexion en venant lui annoncer l'arrivée de son rendez-vous suivant — un rendez-vous fictif ; il avait mis au point cette stratégie pour se débarrasser de Cassandra, mais il était curieux à présent de l'entendre.

— Ne m'interrompez plus, Joanna. Ne me passez aucun appel.

Sa secrétaire hocha la tête, puis ferma la porte derrière elle. Marco lâcha un long soupir.

— Je t'écoute.

— Il est temps que je rentre à la maison.

Si une autre femme avait prononcé ces mêmes mots, il aurait été soulagé. Mais aujourd'hui, il ne l'était pas.

— Pourquoi ?

— Parce que je n'ai pas le choix. Tu penses peut-être que me garder dans ton appartement est la meilleure solution, mais ce n'est pas le cas. J'ai envie que mon enfant grandisse dans un véritable foyer et, pour cela, je dois rentrer en Angleterre. Ce n'est pas une décision prise à la légère ou sous l'influence de mes hormones. J'ai beaucoup réfléchi. Je dois partir sans attendre, sinon il sera trop tard pour prendre l'avion.

— J'ai l'impression que tu as tout préparé, marmonna-t-il, amer.

Il se sentait rejeté. D'habitude, c'était lui qui repoussait les femmes, pas l'inverse. C'était lui qui donnait les ordres, pas le contraire.

— Je ne peux pas me contenter de compter les jours jusqu'à la naissance. Je dois m'organiser.

Elle avait pris sa décision et, apparemment, il serait vain de tenter de la faire changer d'avis. Dans ce cas…

Il décrocha son téléphone.

— La *signorina* Rich est prête à partir, Paolo. A l'entrée principale ? Oui, merci, je lui dis.

Il reposa le combiné et riva son regard au sien avant de poursuivre :

— Je voulais juste faire ce qui était le mieux pour toi, Cassandra. Je n'ai jamais eu d'autre but.

Le salaud ! Elle avait raison de partir, et le plus tôt serait le mieux.

Encore sous le choc, Cassandra suivit la secrétaire de Marco jusqu'aux ascenseurs. Elle leva les yeux au ciel. Pourquoi se mettait-elle dans cet état ? Pourquoi lui en voulait-elle ? C'était elle qui avait désiré partir. C'était même pour cette raison qu'elle était venue jusqu'à son bureau. Le problème, c'était qu'il l'avait pratiquement mise à la porte !

Elle se morigéna intérieurement. Voilà qu'elle exagérait encore une fois. Fichues hormones !

Elle ne s'était pas attendue à cette réaction. Elle avait imaginé qu'il dévoilerait quelques émotions, n'importe lesquelles. Elle aurait pourtant dû savoir que Marco di Fivizzano avait un cœur de pierre !

Rien ne lui garantissait que cet homme complexe changerait un jour. Il pouvait être tendre et doux une minute, et se comporter comme le dernier des rustres la minute suivante. Alors peut-être mieux valait-il couper tout lien avec lui…

La première chose qu'elle remarqua lorsqu'elle passa la porte de l'appartement, c'était que sa vieille valise était posée dans l'entrée. Sans doute Marco avait-il demandé à la nouvelle gouvernante de la préparer pour elle.

Sans réfléchir, elle baissa les yeux vers la console sur laquelle il avait laissé le chèque quelques mois plus tôt. Un message l'attendait, mais il n'avait pas été écrit par Marco. Il l'avait vraisemblablement dicté à la gouvernante :

Appelle-moi au bureau quand tu seras prête à partir. Le pilote de mon jet t'attend. Paolo te conduira à l'aéroport.

Cassandra s'adossa contre le mur et, lentement, se laissa tomber jusqu'au sol. Encore une fois, Marco n'avait aucun mal à se détacher d'elle.

Pourquoi n'avait-elle pas profité de sa visite à son bureau pour lui dire que jamais elle ne le repousserait, ou que jamais elle ne l'empêcherait de voir son enfant ? Pourquoi ne lui avait-elle pas avoué qu'elle l'aimait ?

Oui, car quoi qu'il puisse penser d'elle, quels que soient ses sentiments à son endroit, elle l'aimait bel et bien…

Hélas ! il était trop tard pour avoir des regrets ou ressasser tout ce qu'elle aurait voulu lui dire. Elle enfouit son visage entre ses mains et soupira. Il était vraiment trop tard. Elle ne pouvait plus faire marche arrière, désormais. Elle aurait dû savoir qu'un homme comme Marco ne regardait jamais en arrière, ne regardait jamais son passé.

Quoi que leur réserve l'avenir, elle continuerait cependant à l'aimer. Son amour pour lui ne connaissait aucune limite.

Se forçant à se reprendre, elle décida d'aller prendre une douche. Cela lui ferait du bien.

Elle ne devait plus avoir de doute, elle avait pris la bonne décision. Dans ce cas, pourquoi se sentait-elle aussi triste, aussi vide ? Reverrait-elle Marco, un jour ? Elle l'ignorait mais refusait de se laisser abattre. Le passé les avait blessés tous les deux, mais elle s'en était servie pour apprendre, pour grandir. Pas lui. Et maintenant, c'en était terminé de leur intimité.

Non, c'était faux. Ils n'avaient jamais partagé aucune intimité. Tout cela n'était qu'un rêve, *son rêve à elle*. Ce n'était pas son genre d'admettre la défaite, mais il était peut-être temps qu'elle arrête de se faire des illusions. Sans doute même Marco était-il content qu'elle rentre en Angleterre.

Il faudrait qu'elle appelle le jardinier en chef de l'ambassade pour lui dire combien elle avait aimé travailler avec lui songea-t-elle en se rhabillant. Il faudrait aussi qu'elle écrive à Maria et Giuseppe pour les remercier de tout ce qu'ils avaient fait pour elle, en Toscane. Lorsqu'elle fut prête, elle le fit savoir à Marco.

Peu après, la porte s'ouvrit.

— Etes-vous prête ? lui demanda Paolo en attrapant sa valise.

— Oui, merci.

Elle jeta un dernier coup d'œil à l'appartement. Inutile de s'apitoyer sur son sort, il était temps d'avancer.

Marco regarda son jet décoller et le suivit dans le ciel jusqu'à ce qu'il disparaisse à l'horizon. Il n'accompagnait jamais ses visiteurs à l'aéroport et attendait encore moins le départ des avions. Il n'en avait ni le temps ni l'envie.

Rentrer en Angleterre était la meilleure solution pour Cassandra. Pour lui aussi. Alors, pourquoi avait-il l'impression d'avoir été poignardé ? Pourquoi son cœur le faisait-il souffrir à ce point ? Réagissait-il ainsi par fierté ? Aucune femme ne l'avait quitté, jusqu'à présent.

Cassandra était différente. Elle l'était d'autant plus qu'elle était enceinte et qu'elle portait peut-être son enfant.

Elle avait raison de penser au futur.

Un futur dont il était exclu.

Un futur dont il ne voulait pas faire partie, pas avant d'être sûr.

Il se passa une main lasse sur le visage. Jamais des émotions aussi contradictoires ne l'avaient assailli. Après la naissance, un simple test ADN répondrait à toutes ses questions. Il s'engagerait financièrement s'il s'agissait de son enfant ; mais pour le reste…

Il n'avait plus très longtemps à attendre, désormais. D'ici à l'accouchement, il allait se concentrer sur le travail et faire en sorte que son détective surveille Cassandra Rich.

De retour dans son appartement, la solitude le gagna, pour la première fois de sa vie. L'endroit était trop grand pour lui. Trop vide, trop impersonnel. Comment ne s'en était-il pas rendu compte plus tôt ?

Il traversa les pièces les unes après les autres. Cassandra avait-elle oublié quelque chose ? Non. Elle était bien trop ordonnée. Elle était organisée mais aussi intelligente, naturelle, adorable. Elle était surtout forte. Si forte qu'elle avait voulu partir et l'avait quitté.

Il se laissa tomber sur le canapé. L'appartement lui paraissait bien trop silencieux, tout à coup. Il mit de la musique. Il adorait la musique, surtout le jazz. D'habitude, un bon disque le calmait ; ce soir, au contraire, chaque note l'irritait.

Il éteignit la chaîne stéréo et attrapa alors le journal du jour. Il tourna les pages sans les lire, puis s'arrêta devant deux photos de Cassandra, l'une prise dans le parc, l'autre le soir de la réception. L'article était titré : « La princesse et le milliardaire ».

Rageur, il fit une boule avec le journal et le jeta dans la cheminée.

Il repensa à la soirée, aux étreintes passionnées qu'ils avaient partagées ce soir-là. Si le bébé de Cassandra était aussi le sien, il avait été conçu cette nuit-là…

Refoulant cette hypothèse, il se leva et se dirigea vers

sa chambre. Chaque pièce, chaque meuble lui rappelait Cassandra. Y avait-il un endroit dans l'appartement où ils n'avaient pas fait l'amour ?

Il jura entre ses dents serrées. Le fantôme de la belle Anglaise finirait-il par disparaître ? Mais voulait-il *vraiment* qu'il disparaisse ? Voulait-il retourner à sa vie morne, triste et sans intérêt d'avant elle ?

Il était temps qu'il trouve des réponses à ses questions, décida-t-il.

14.

Décidément, le destin était contre lui ! Jamais Marco n'avait eu autant de travail et de voyages d'affaires prévus. Toutefois, son agenda professionnel lui permettait un saut en Angleterre.

Il hésitait.

Depuis le départ de Cassandra, il avait gardé ses distances avec elle. D'après les rapports de son détective, elle se débrouillait très bien sans lui. Il n'avait donc aucune raison de s'inquiéter. Elle avait retrouvé son indépendance et, à son grand regret, ne l'avait pas appelé une seule fois.

Si jamais le test prouvait qu'il était le père de ce bébé, il prendrait ses responsabilités à distance. Il le mettrait financièrement à l'abri. Après tout, que pouvait-il offrir à un enfant à part de l'argent ?

D'un geste rageur, il repoussa la montagne de dossiers qui s'empilaient sur son bureau. Son détective lui envoyait des nouvelles de Cassandra quotidiennement, cela aurait dû lui suffire. Hélas ! ce n'était pas le cas. Il avait l'impression que sa vie lui échappait, qu'un trésor allait lui être volé s'il ne réagissait pas vite.

Pouvait-il changer ? Allait-il répéter les erreurs de son père, tout cela parce qu'il était trop fier pour avouer ses faiblesses ?

*
* *

Marco lui manquait plus qu'elle ne voulait l'admettre. Avec lui, Cassandra s'était sentie entière ; maintenant, elle avait l'impression que quelque chose lui manquait. Malheureusement, les blessures de Marco étaient trop profondes. Elle ne pouvait pas l'aider, en tout cas pas avant qu'il soit prêt à admettre ses failles. Or, cela ne faisait pas partie de sa nature : il était bien trop fier.

Elle s'adossa contre un tronc d'arbre et leva les yeux vers le ciel.

Noël approchait. La naissance de son bébé également.

Marco relut le dernier rapport de son détective. Rien de nouveau, donc aucune raison de s'inquiéter. Malgré tout, cela ne suffisait pas à le tranquilliser. Il avait besoin que Cassandra le rassure *de vive voix*.

Cette réaction n'était pas étonnante et n'avait rien à voir avec des sentiments, se répéta-t-il. Cette jeune femme était son ancienne employée, il était donc encore un peu responsable d'elle.

Il tenta de l'appeler, en vain.

Que faire ? Il ne pouvait pas attendre les bras croisés, ce n'était pas dans sa nature. N'écoutant que son instinct, il réserva alors une place sur un vol pour Londres — le pilote de son jet était en congés.

A la sortie de l'aéroport de Heathrow, Marco se retrouva nez à nez avec des paparazzis. Bon sang, il ne manquait plus que cela !

— Avez-vous l'intention de vous rendre directement à l'hôpital ? lui demanda l'un d'eux.

Son pouls s'emballa aussitôt. A l'hôpital ? Cela voulait-il dire que…

Nerveux, il ralluma son téléphone. Pendant le vol, il avait raté sept appels de Cassandra et trois de Joanna.

Apparemment, la nature avait décidé qu'il était temps pour le bébé de faire son apparition !

Soudain impatient, il demanda le nom de l'hôpital et grimpa dans un taxi. Une fois arrivé, il courut dans les couloirs, sans savoir où il allait. Sa nervosité atteignait des sommets. Il était en train de devenir fou.

Il trouva enfin la maternité. Là, une infirmière le stoppa dans son élan et lui demanda de prouver son identité.

Pourquoi, bon sang ? Il voulait juste voir Cassandra ! Il *devait* la voir, elle l'attendait. Elle avait besoin de lui ! Comment pouvait-il l'aider si l'infirmière ne le laissait pas passer ?

— D'après ce que j'ai vu, Mlle Rich se débrouille très bien toute seule. La dernière chose dont elle a besoin, c'est d'une dose de stress supplémentaire.

— Je n'ai aucune intention de la stresser, protesta-t-il.

Il se passa nerveusement la main dans les cheveux. Il n'en pouvait plus. Ses nerfs étaient à vif.

Au bout de quelques longues minutes, une sage-femme à l'allure autoritaire lui donna enfin une charlotte, des protections pour ses chaussures, puis l'escorta jusqu'en salle de travail.

Il avança timidement. Il avait un peu peur, tout à coup. Il dévisagea Cassandra. Elle avait l'air si fragile, si jeune. Comment allait-elle supporter l'accouchement ?

— Marco... Tu es venu.

Il plongea dans ses prunelles azur et s'y noya. Il y lisait l'amour, la confiance, la gratitude : autant de sentiments qu'il ne méritait pas et qu'il ne devait surtout pas encourager. L'amour ne durait pas, il le savait bien.

— Asseyez-vous ici ! lui ordonna une infirmière d'un ton sec. Ou restez debout, sauf si vous pensez que vous allez vous évanouir.

— Peut-il me tenir la main ? demanda Cassandra d'une voix douce et irrésistible.

— Voulez-vous lui tenir la main ? lui demanda la sage-femme, qui semblait avoir des doutes.

Toutes les femmes présentes dans la salle de travail le regardaient avec sévérité. Elles devaient avoir lu les journaux et avoir une piètre opinion de lui.

— Bien sûr, j'aimerais… Je dois…

Il rejoignit Cassandra. Il comprenait la douleur qu'elle ressentait. Il comprenait qu'elle avait besoin d'être rassurée, il comprenait également que l'expérience la terrorisait. Ce qu'il ne comprenait pas, par contre, c'était le regard qu'elle portait sur lui. Comment pouvait-elle éprouver des sentiments pour lui alors qu'il ne pouvait rien lui offrir en retour ?

— Que puis-je faire ? demanda-t-il à la sage-femme à l'air féroce.

Il se sentait inutile, ici, à côté du lit. Il se sentait impuissant.

— Contentez-vous d'être là pour elle. Si elle vous demande de sortir, vous sortez. Si je vous demande de sortir, vous sortez, et en courant. Compris ?

Il acquiesça d'un signe de la tête.

La compétence de l'équipe médicale l'étonnait. L'ambiance était calme, efficace. Cassandra était le centre de l'attention. Elle ne disait rien. Elle se contentait de serrer sa main dans la sienne et de suivre les indications de la sage-femme.

Puis, soudain, un cri de bébé retentit.

— Votre fils, annonça la sage-femme en le bousculant pour mettre l'enfant dans les bras de Cassandra.

Dio ! Cassandra avait un fils…

— Marco…

Elle avait prononcé son prénom sans détourner le regard, comme si elle ne pouvait quitter son fils des yeux. Elle le dévisageait comme une mère.

Cassandra était mère…

Marco prit une profonde inspiration. Il devait à tout prix faire le tri entre toutes les émotions qui l'assaillaient et le déstabilisaient, mais il avait du mal. Jamais il n'avait été témoin d'un tel amour, aussi pur, aussi évident.

— Que penses-tu de lui ? lui demanda Cassandra sans même lever les yeux.

— Il a l'air en pleine santé.

— Il est si beau… Je suis persuadé que tu ressemblais à cela, quand tu es né. Tu veux le tenir ?

— Je ne suis pas sûr de savoir…

Il hésitait. Il n'avait jamais vu un bébé aussi petit.

— Bien sûr que si, intervint la sage-femme.

Elle prit l'enfant des bras de Cassandra et le mit entre ceux de Marco. Il retint son souffle, déstabilisé, bouleversé. Ce bébé lui semblait… familier, comme s'il retrouvait quelqu'un qu'il n'avait pas vu depuis longtemps. Il avala sa salive et se força à respirer. Il n'avait pas imaginé ressentir quoi que ce soit, et surtout pas ce torrent de sentiments. Son pouls était si rapide qu'il avait l'impression que son cœur allait exploser. Il avait chaud, il transpirait.

Le bébé poussa un cri. Marco se contenta de le fixer, abasourdi, sidéré.

— C'est ton fils, sans aucun doute, déclara Cassandra.

— C'est vrai, aucun doute possible, confirma la sage-femme.

Marco serra les poings. Il devait à tout prix revenir à la réalité et se reprendre. Il ne devait pas s'attendrir.

— Ça, nous ne le savons pas encore.

Tout son être lui soufflait que ce bébé était le sien, mais son esprit refusait de l'admettre. Et puis, pouvait-il protéger un bébé alors qu'il n'avait pas réussi à protéger sa propre mère ? Pouvait-il aimer son fils alors que l'homme qu'il avait cru être son père l'avait repoussé ?

Non. Impossible.

Il leva les yeux. Tout semblait figé autour de lui, comme si personne n'avait compris les mots qu'il avait prononcés.

— On ne peut pas décréter qu'il s'agit de mon enfant

juste en le regardant, lança-t-il alors d'un ton aussi détaché que possible. Seule la science pourra le prouver.

Pour toute réponse, la sage-femme le foudroya du regard. Elle semblait être prête à le frapper.

— Je dois y aller, ajouta-t-il. Je ne pensais pas que cela prendrait aussi longtemps. J'ai des rendez-vous.

— Je vois..., lâcha Cassandra, à l'évidence dépitée. Désolée d'avoir bouleversé ton emploi du temps...

Bon sang, voilà qu'elle *s'excusait* ! Marco avait honte. Il devait à tout prix partir, sinon il allait gâcher la vie de la jeune maman.

Il avait besoin de temps, d'espace. Il avait surtout besoin de réfléchir. L'amour de Cassandra le terrifiait. En même temps, il était paniqué à l'idée de la perdre. Il avait l'impression d'être en train de se noyer. L'air lui manquait, il sombrait. Non, il ne pouvait pas se noyer ! Pas au moment où Cassandra avait le plus besoin de lui.

— Je ferai pratiquer le test ADN aussi rapidement que possible.

— Tu...

Elle s'interrompit et le fixa, bouche bée. Elle semblait abasourdie.

— Je crois que vous en avez assez dit, intervint la sage-femme en lui indiquant la porte d'un geste de la tête.

Il ne bougea pas. Le visage de Cassandra se transformait, se fermait. Son regard devenait de plus en plus noir.

— Sortez !

La sage-femme avait raison, il devait partir. Il n'était qu'un monstre. Un monstre qui ne méritait pas d'aimer ni d'être aimé.

Une fois hors de la chambre, Marco demeura un long moment immobile devant la porte.

Il n'entendait pas les voix dans la chambre. De toute

façon, il n'aurait pas voulu écouter. Il refusait d'entendre Cassandra lui chercher des excuses.

Se reprenant, il appela le laboratoire. On lui répondit qu'il obtiendrait la réponse en moins de vingt-quatre heures.

Parfait !

Il sortit de l'hôpital, remonta le col de son manteau et avança sans but, ignorant les journalistes et photographes qui lui papillonnaient autour — il n'avait même pas la force de se battre. Toute énergie l'avait déserté ; il était comme anesthésié.

Autour de lui, les vitrines de Noël étaient illuminées, mais il ne ressentait aucune gaieté. Il se sentait mort, vide.

Il remarqua un couple non loin. Le jeune homme enroula tendrement une écharpe autour du cou de sa petite amie.

— Je ne veux pas que tu aies froid, murmura-t-il.

— Et toi ?

— Je n'en ai pas besoin. J'ai mon amour pour me tenir chaud.

Il se demanda comment il pouvait être ému par cette scène digne d'un roman à l'eau de rose, mais des souvenirs revinrent à sa mémoire, et les larmes lui montèrent aux yeux.

Sans réfléchir, il entra dans la première boutique et acheta l'écharpe la plus longue et la plus douce qu'il trouva.

— Pouvez-vous l'emballer, s'il vous plaît ?

En apparence, il s'agissait d'un cadeau quelconque, mais cette écharpe était un lien avec son passé. Et il avait envie qu'elle signifie quelque chose pour Cassandra.

Cette femme était sa vie ; sa seule préoccupation. Tout était clair, à présent. Et dire qu'il était sorti de la maternité en la laissant seule… Elle était en de bonnes mains, il ne devait pas s'inquiéter. Malgré tout, il regrettait de les avoir abandonnés, elle et le bébé.

Depuis vingt ans, il fuyait son passé. Un couple aperçu dans la rue, une écharpe et, comme par magie, il retrouvait le lien avec son histoire. Cette écharpe pourrait-elle également aider Cassandra ? Seul l'avenir le dirait…

Il leva les yeux. Il était à peine 16 heures, mais le soleil était déjà couché. La neige tombait, comme la nuit où l'homme qu'il appelait papa les avait mis dehors, sa mère et lui.

Ce soir-là, il avait froid. Devant la maison, sa mère s'était alors arrêtée, avait retiré son écharpe et l'avait nouée autour de son cou. C'était la preuve qu'elle tenait à lui.

Il resserra son étreinte sur le paquet et de nouveaux souvenirs revinrent à son esprit.

L'homme qu'il avait toujours considéré comme son père ne lui avait même pas dit au revoir. Et il venait de faire subir la même chose à Cassandra.

Au lieu de fuir le passé, il l'avait invité dans son présent.

Il s'arrêta sur le pont et baissa les yeux vers la rivière. L'eau coulait, la vie continuait, il en avait la preuve.

Personne ne restait à la maternité longtemps, sauf en cas de problème. Or, son accouchement s'était parfaitement déroulé. Son petit garçon était en forme alors, quelques heures après la naissance, Cassandra se retrouva dans un taxi, son bébé dans les bras, son petit Luca — elle lui avait donné un prénom italien car il ressemblait à son père.

Elle était triste pour Marco. Il avait pleuré lorsqu'il avait tenu son fils pour la première fois, puis il s'était repris et s'était caché derrière un masque de pierre.

Qu'était-il en train de faire, à cet instant ? se demanda-t-elle alors que le taxi s'arrêtait devant sa maison. Il devrait être ici, avec elle. L'arrivée d'un bébé à la maison était un moment spécial. Il ignorait ce qu'il ratait.

Elle baissa les yeux vers son enfant, et de nouvelles émotions l'envahirent. Son cœur débordait déjà d'amour pour ce petit garçon aux boucles brunes.

Enfant, Marco avait donné son cœur à un père, et celui-ci l'avait détruit, pour toujours. C'était pour cette raison qu'il ne pourrait peut-être jamais s'engager.

— Ne bougez pas, fit le chauffeur de taxi, je vais vous aider. J'espère que vous avez quelqu'un pour vous soutenir.

— Bien sûr.

L'homme semblait inquiet. Il devait être du genre à envoyer sa propre femme s'occuper d'elle s'il devinait qu'elle avait besoin de quoi que ce soit. Mais Cassandra allait s'en sortir seule. Elle le remercia et entra dans sa petite maison.

Elle y serait bien, seule avec son fils, et lui aussi. Elle sourit en le dévisageant. Elle allait lui offrir tout son amour.

15.

— Tu es comme ton papa !

Elle installa son fils dans son berceau et sourit, rêveuse. Il serait sans doute aussi exigeant que son père.

Une fois Luca endormi, elle descendit au rez-de-chaussée et alluma toutes les lumières de la maison pour la rendre plus chaleureuse. Elle jeta ensuite un coup d'œil par la fenêtre. Il faisait noir, dehors, et la neige tombait dru. Un 4x4 était garé devant la maison. Marco la faisait-il encore surveiller, deux jours après son accouchement ? Sans doute.

Elle s'éloigna de la fenêtre et sursauta en entendant frapper à la porte. Elle jeta un coup d'œil par le judas.

Marco ?

Elle hésita. Son instinct lui ordonnait de ne pas lui ouvrir. Elle refusait de revivre la scène de l'hôpital. D'un autre côté, elle aimait cet homme. Comment pourrait-elle refuser d'ouvrir alors qu'il se tenait juste de l'autre côté de la porte, dans le froid ?

La gorge nouée par l'émotion, elle ouvrit enfin.

— Si c'est à propos du test ADN…

— Non.

Dans la pénombre, elle le trouvait encore plus intimidant que d'habitude.

— Comment as-tu su que j'étais rentrée à la maison ?

— Je suis bien informé.

— Ton détective ?

— Ta sage-femme. J'ai finalement réussi à la convaincre que je ne désirais que ton bonheur.

— Comment as-tu fait ?

— Je lui ai parlé, tout simplement. Quelque chose que j'aurais dû faire avec toi.

En entendant cet aveu, la résolution de Cassandra commença à diminuer ; sa colère également. Toutefois, elle bloquait toujours le passage.

— Je n'ai pas envie de me disputer. Mon bébé dort.

— Je ne suis pas ici pour me disputer avec toi. Ce qui s'est passé à l'hôpital…

— … est impardonnable, compléta-t-elle.

— Impardonnable, tu as raison. Je ne veux pas te déranger, mais…

Il s'interrompit, l'air un peu contrit. Marco était le père biologique de son fils. Même si son comportement à la maternité lui avait donné une preuve supplémentaire qu'il ne changerait jamais, Cassandra avait encore du mal à étouffer ses sentiments. Elle ne pouvait le repousser.

— Tu ferais mieux d'entrer, il neige.

Il fit un pas à l'intérieur et elle frotta son manteau pour le débarrasser des flocons. Elle le regrettait déjà : il lui avait suffi d'effleurer son manteau pour avoir à nouveau envie de caresser Marco, de se lover entre ses bras puissants, de l'embrasser encore et encore… Quoi qu'il fasse, quoi qu'il dise, elle l'aimait de tout son cœur, et cela ne changerait jamais.

— Pourquoi es-tu ici ? réussit-elle à articuler d'une voix neutre.

Marco fronça les sourcils. Elle lui posait la question ? Il était ici parce qu'il ne pouvait rester loin d'elle, c'était aussi simple que cela !

— Laisse-moi prendre ton manteau, dit-elle. Installe-toi à côté de la cheminée. J'allais allumer le feu, tu vas pouvoir te réchauffer.

Il resserra la main sur l'enveloppe. L'enveloppe qu'il ne lui avait pas encore montrée, qu'il n'avait même pas encore ouverte. L'enveloppe qui contenait les résultats du test ADN.

— Où est le bébé ?

Il mourait d'envie de le voir, ce bambin qu'il avait été tellement pressé de fuir, deux jours plus tôt.

— Il est à l'étage, il dort. Tu peux…

Avait-elle été sur le point de lui proposer d'aller voir le bébé ? Impossible de le savoir : elle s'était interrompue, comme si elle avait changé d'avis.

— Comment vas-tu ? demanda-t-il.

Cassandra sembla étonnée par sa question.

— Moi ? Je vais très bien, merci. Ce sont les premiers jours, tu sais.

— Tu n'as personne pour t'aider ?

— Des amis ont promis de passer, mais il faut d'abord que je m'habitue à être mère. Pour l'instant, je suis heureuse toute seule.

— Ne devrais-tu pas être au lit, à te reposer ?

— Je ne suis pas sûre que Luca me laisse beaucoup de temps pour me reposer.

— Luca ?

— C'est ainsi que j'ai appelé mon fils.

Marco remarqua des lueurs dans ses iris azur, comme si elle le mettait au défi de critiquer ce choix. Il se contenta de baisser les yeux sur l'enveloppe. Elle suivit son regard.

— Qu'est-ce que c'est ?

— Je crois que tu le sais.

— Le test…

Elle riva son regard au sien. Toute chaleur en avait disparu.

— Tu as fait pratiquer un test ADN sur mon fils sans demander mon autorisation ? s'emporta-t-elle. Evidemment ! Pourquoi suis-je surprise ? Tout est possible pour Marco di Fivizzano ! Mais cela ne veut pas dire que c'est bien. Quand l'as-tu fait ? As-tu envoyé un de tes détectives prendre une goutte de sang de mon fils ?

— Une goutte de salive a suffi.

— Tu penses que c'est mieux ?

Marco la trouvait encore plus belle quand elle était en colère…

— J'ai demandé à la sage-femme qui t'a assistée pour l'accouchement de le faire. Tout était légal. Elle n'avait pas envie, mais elle ne pouvait refuser puisque je disposais de l'ordonnance d'un juge. Elle a finalement estimé qu'il valait mieux que ce soit elle qui s'en charge plutôt qu'un étranger.

Il lui prit la main et attira Cassandra à lui avant de poursuivre :

— Tu me pardonnes ?

— Non, je ne te pardonne pas ! jeta-t-elle en se dégageant. Tu n'ouvres pas ta fichue enveloppe ?

— Je n'ai pas besoin de l'ouvrir. Je te fais confiance et je reconnais notre enfant.

Sans quitter Cassandra du regard, Marco déchira l'enveloppe en mille morceaux. Il vit des émotions contradictoires se peindre sur son beau visage si expressif.

— Qu'attends-tu pour ramasser tout ça ? finit-elle par lui lancer, un sourire au coin des lèvres.

Dieu soit loué, elle se détend enfin ! songea-t-il.

Soulagé, il souffla. Il mourait d'envie de prendre la jeune femme dans ses bras, mais il se retint. Il se laissa tomber à genoux et commença à ramasser les morceaux de papier. Il n'avait pas besoin des résultats d'un test ADN pour savoir que Luca était son fils. Il le savait au plus profond de son cœur. Il l'avait deviné au moment même où la sage-femme l'avait mis dans ses bras. Il avait juste refusé de l'admettre plus tôt.

A cet instant-là, pour la première de sa vie, il s'était demandé ce qu'il ressentirait s'il était père. Cassandra lui avait dit qu'il n'existait aucun manuel et qu'elle allait apprendre à devenir mère. Peut-être pouvait-il faire de même et apprendre à devenir père ?

Marco avait allumé le feu dans la cheminée lorsque Cassandra redescendit, après avoir nourri Luca. Elle s'installa et se tourna vers lui.

— Tu sais, je suis persuadée que notre enfance est la clé de ce que nous sommes aujourd'hui, commença-t-elle, directe. Mon passé est connu alors que le tien est enfoui dans ta mémoire.

— Tu veux savoir pourquoi ?

— Bien sûr. Tu es le père de mon fils.

Un peu plus tôt, elle aurait été surprise de voir les prunelles de Marco s'assombrir. Mais plus maintenant. La naissance de leur fils l'avait libéré, elle le voyait.

— Parle-moi de ta mère, reprit-elle. Tu te souviens d'elle ?

— Un peu, oui. Comme tu l'as dit, je vois mon passé différemment, aujourd'hui. Mais lorsque j'étais enfant, je la considérais comme un fardeau. Maintenant, je comprends qu'elle tenait à moi, à sa façon. Elle était juste faible.

— Tu ne peux pas t'en vouloir des sentiments que tu ressentais pour elle quand tu étais enfant.

— Je lui en ai longtemps voulu. Pour tout. Pour m'avoir privé de cet homme que je pensais être mon père. Pour ne pas être restée avec mon père biologique. Je lui ai fait porter tous les torts au lieu de comprendre qu'elle était malade et avait besoin d'aide.

— Que s'est-il passé quand elle est morte ?

— Avant son décès, je cherchais régulièrement de la nourriture dans les poubelles. Un jour, le cuisinier d'un restaurant a eu pitié de moi. Après la mort de ma mère, il m'a présenté à un prêtre, qui m'a trouvé une place dans un orphelinat et a veillé à ce que j'aille à l'école. L'éducation et un foyer, ce sont les deux clés de mon succès. J'ai détesté ma mère pour ce qu'elle avait fait…

— Qu'est-ce qui a fait que tu as changé d'avis à son sujet ?

Il esquissa un sourire las.

— Une écharpe. En sortant de l'hôpital, je marchais, et je me suis souvenu que le temps était froid, aussi, la nuit où ma mère et moi avons été jetés à la rue. Je me suis souvenu que je frissonnais et que ma mère avait retiré son écharpe pour me la mettre autour du cou. C'était la preuve qu'elle tenait à moi.

— Evidemment qu'elle tenait à toi.

Incapable d'attendre plus longtemps, elle se précipita vers lui et le serra dans ses bras.

— Sa vie s'effondrait et personne ne l'aidait, murmura-t-il. Il a fallu la naissance d'un enfant pour que je me souvienne que ma mère avait été bonne avec moi. Ensuite, je me suis rappelé d'autres petits détails tendres, d'autres petites preuves d'amour.

— Tu t'en es souvenu, c'est bien. C'est un début. Apprendre à aimer est un long chemin.

Il repoussa une mèche de cheveux qui avait glissé devant les yeux de Cassandra.

— Tu le sais mieux que personne. Tu devrais te reposer. Tu vas avoir besoin de toutes tes forces pour prendre soin de notre fils.

« Notre fils » ? Ainsi, il considérait vraiment Luca comme son fils ? Le soulagement gagna Cassandra. L'amour fit battre son cœur plus vite. Elle avait cependant besoin d'autres preuves avant de pouvoir accorder toute sa confiance à Marco.

— J'ai toujours pensé qu'admettre ses erreurs était un signe de force, dit-elle. Tu fais ton possible pour m'aider et aider notre fils, ce qui me fait dire que tu es en train de te réconcilier avec ton passé. Mais tu n'es pas encore allé assez loin.

— Il ne suffit pas d'appuyer sur un bouton pour que tout change.

— Bien sûr que non. Cependant, tu peux mettre un pied devant l'autre, comme tu as commencé à le faire, et avancer. Par contre, si tu n'es pas prêt à t'engager, tu devrais partir.

Cassandra s'interrompit pour lui laisser le temps de digérer ce qu'elle venait de dire. Il semblait incrédule.

— Tu me jettes dehors ?

— Un étranger qui nous regarderait par la fenêtre, penserait sans doute que nous sommes une famille. Mais ce n'est qu'une scène, et j'ai besoin de plus. Luca a besoin de sécurité. Moi aussi. J'ai surtout besoin de savoir si nous allons avancer ensemble ou bien séparément.

— Que veux-tu que je te dise ?

Un frisson de crainte la traversa. Marco avait déjà fait de grands progrès. Pouvait-elle prendre le risque de le pousser dans ses retranchements, au risque de le faire fuir ? Elle devait d'abord penser à Luca.

— Si tu ne veux pas que l'histoire se répète, tu dois réfléchir à la place que tu veux avoir dans la vie de Luca. Parce que je ne te permettrai pas de jouer avec lui.

Elle avait de la peine pour Marco, pour les souffrances qu'il avait endurées, mais elle devait aller de l'avant. Elle n'avait pas le choix.

— La naissance de Luca t'a changé, je le vois. Mais je dois être sûre de toi, Marco. Luca doit être sûr de toi.

Il se leva et la fixa, le regard menaçant.

— Tu ne peux pas m'interdire de le voir. D'ailleurs, qu'est-ce qui m'empêcherait de le prendre avec moi, tout de suite ?

Cassandra se leva aussi et lui bloqua le passage.

— Moi !

16.

— Sois raisonnable, Cassandra, fit Marco, tendu. Laisse-moi voir mon fils.

— Tu es peut-être le patron de ton entreprise, mais ici, tu es dans ma maison, sur mon territoire, et j'attends toujours une réponse à ma question : quel rôle as-tu l'intention de jouer dans la vie de Luca ?

— Un grand rôle, si tu rentres à Rome avec moi. Où est le problème ? Pourquoi me regardes-tu ainsi ? Tu vivrais dans un appartement luxueux, tu aurais tout ce dont tu pourrais avoir besoin.

Elle secoua la tête et leva les yeux au ciel. Il la désespérait.

— Si tu ne comprends pas quel est le problème avec ta proposition, alors je ne peux pas t'aider. Je refuse de quitter ma petite maison chaleureuse et confortable pour vivre dans un appartement froid, où je ne te verrai jamais, où je serai entourée d'étrangers qui ne me laisseront rien faire, dans une ville où je serai en permanence suivie par les journalistes. Est-ce cette vie que tu désires pour ton fils ? Moi, non. Je suis peut-être la première femme à te le dire, mais tu n'as rien à m'offrir que je n'aie pas déjà ici. Lorsque j'étais petite fille, j'ai vécu dans une maison immense et luxueuse. Je n'ai jamais connu un lieu plus triste. J'avais toujours faim, toujours peur…

— Cela n'arriverait pas à Rome, coupa-t-il.

— Non, c'est vrai, mais je ne ferais que remplacer

un manque par un autre : l'isolement au lieu de la faim, l'incertitude au lieu de la peur. Le résultat serait le même, je ne serais pas heureuse. Et je ne parle pas juste de moi, je pense à nous trois. Je n'ai pas envie que Luca grandisse dans l'incertitude. N'avons-nous donc rien appris de notre passé ? Enfant, tu devais forcément désirer une autre vie. En tout cas, moi, oui. Tu as atteint le succès dans ta vie professionnelle, tu as évolué, alors pourquoi enfermer ton fils dans nos passés ? Avançons plutôt. Profitons de la chance qui nous est offerte pour tourner la page !

— C'est ce que je désire depuis toujours.

— Oui, mais à tes conditions ! Tu veux tout faire à tes conditions.

— Exactement comme toi.

— Aujourd'hui, je dois avant tout penser à mon fils. Mon but principal est de protéger Luca. Je suis prête à tout pour lui. Je pense que je peux lui apporter le bonheur ici, pas à Rome.

Marco lâcha un rire amer.

— Tu penses que je peux abandonner ma vie à Rome et vivre ici ?

— Non. Je suis réaliste, je sais que c'est impossible.

— Quelle solution proposes-tu, dans ce cas-là ?

— Je ne sais pas, admit-elle en baissant la tête.

Le cœur de Marco se serra soudain. Cassandra semblait abattue, résignée. Jamais il ne l'avait vue dans cet état. Et il était le responsable, le seul responsable. Il lui avait volé sa confiance en elle. Jamais il ne pourrait se le pardonner.

— Je ferai tout ce que tu voudras, déclara-t-il subitement.

— Tout ?

— Je ne veux pas te perdre. Je ne peux pas, Cassandra.

Elle le fixa comme s'il venait d'une autre planète.

Parce que, du bout des lèvres, il venait d'évoquer ses sentiments pour elle ? Il se redressa soudain. Quel idiot, il avait oublié l'écharpe !

— J'ai quelque chose pour toi, dans la voiture.

— Pour moi ? s'étonna-t-elle de plus belle.

Elle avait raison d'être surprise : il ne lui avait jamais rien offert.

— C'est pour Noël. Ce n'est pas grand-chose, mais…

— Je ne t'ai rien offert ! se récria-t-elle.

— Au contraire. Tu m'as offert le cadeau le plus précieux au monde : un fils. Veux-tu tout de même voir mon cadeau ?

— Pourquoi est-ce que nous ne commençons pas par aller voir Luca ?

Le visage de Marco s'illumina. Enfin ! Oui, Cassandra avait enfin la réponse à toutes ses questions. Ils trouveraient une solution pour l'avenir ; désormais, elle en avait la certitude.

Pour la première fois, ils se retrouvèrent côte à côte pour admirer leur fils.

— Tu avais raison, murmura-t-il, il est magnifique.

Heureuse, elle sourit, puis caressa les boucles brunes de Luca.

— S'il continue à te ressembler en grandissant, je crois qu'il aura de la chance.

Ils restèrent encore quelques minutes, soudés dans le même émerveillement, puis redescendirent.

— Tu veux que j'aille chercher ton cadeau ? proposa Marco.

— Cela me ferait très plaisir.

— Je reviens.

Il sortit à toute vitesse. Tout à coup, il avait l'impression d'avoir des ailes. Il se sentait léger. Sur le siège arrière, il attrapa le paquet, rentra et le tendit à Cassandra.

— Tu vois, je comprends tout ce que tu me dis. Pas toujours très vite, mais…

— Tu as compris, acquiesça-t-elle en caressant l'écharpe.

Il déplia l'étole de cachemire et la drapa sur les épaules de sa belle Anglaise.

— Elle est magnifique, merci beaucoup.

— Merci à toi.

Marco déposa un petit baiser sur ses lèvres sensuelles.

— Je t'aime, Cassandra.

Elle resta silencieuse un long moment. Marco commençait à être mal à l'aise et à douter lorsqu'elle répondit enfin :

— Je t'aime, moi aussi. Même si tu ne me rends pas toujours la tâche facile…

— Et tu crois que tu me rends la tâche facile, toi ?

Elle éclata de rire et le prit par la main.

— Au lieu de dire des bêtises, viens donc m'aider à donner son bain à Luca.

— Avec plaisir.

Marco avait adoré observer Cassandra donner le bain à leur fils. Sans Luca et sa mère, il n'avait rien, il n'était rien. Mais pouvait-il convaincre cette jeune femme têtue de mener à Rome une vie qui ne lui convenait pas ?

— Tu peux me le passer, maintenant ? demanda-t-elle en dépliant une serviette. Et ne te moque pas de mon sourire bête, s'il te plaît.

— Je ne me moque pas, je t'admire. Tu es magnifique. Tu as l'air comblée. Tu as l'air d'une femme amoureuse.

— Voilà qui est étonnant !

Adossé contre la porte, Marco referma les bras autour d'elle et de leur fils emmitouflé dans la serviette.

— Reste avec moi, Cassandra. Sans toi, ma vie ne vaut rien. Je veux que nous vivions ensemble tous les trois. Pourquoi pas en Toscane ? Les enfants s'épanouissent, à la campagne.

— En Toscane…, fit-elle d'un ton rêveur, un sourire réjoui aux lèvres. Tu as dit *les* enfants. Tu penses que nous en aurons d'autres ?

— Pourquoi pas ? J'ai l'impression que tu es douée pour faire pousser les petites graines.

Elle lui adressa un sourire coquin.

— Tu es doué, toi aussi.

Il ne répondit pas, songeur. Il s'imaginait déjà dans le jardin, en train de jouer au football avec son fils et…

— Marco ?

— Epouse-moi, Cassandra ! lança-t-il d'une voix ferme.

— Te… t'épouser ? bredouilla-t-elle.

— Pourquoi pas ? Personne d'autre ne me convient.

— Personne d'autre n'accepterait, voilà plutôt la raison ! ironisa-t-elle.

Il éclata de rire, avant de redevenir sérieux et de la regarder droit dans les yeux.

— Je ne désire personne d'autre que toi.

— Je t'aime, Marco. Je t'aime depuis que nous nous sommes retrouvés ensemble, un soir d'orage, à porter des sacs de sable et rouler des tapis.

— Une fois mariés, nous pourrons être une vraie famille et nous amuser à porter des sacs de sable et rouler des tapis pendant nos moments libres.

— Je ne suis pas sûre que nous en aurons beaucoup…

— Es-tu en train de dire oui à ma proposition ?

Tout à coup, Marco avait peur. Il n'était plus sûr de rien.

— Luca doit savoir que l'amour est éternel, que ses parents seront toujours là pour lui, affirma-t-elle. Alors si tu peux me promettre que…

— L'éternité ne me suffit pas, ma chérie, l'interrompit-il en murmurant tout contre ses lèvres.

Puis il embrassa la femme de sa vie, avec tout l'amour et toute la passion qu'il gardait en lui depuis si longtemps.

Cassandra rompit l'étreinte en entendant Luca pleurer.

— En attendant l'éternité, je crois qu'un petit bébé a faim…

Epilogue

Trois ans plus tard

— A quoi penses-tu, mon amour ? demanda Marco en passant le bras autour des épaules de sa femme.

— Maintenant, ou bien il y a quelques minutes ? Il faut que tu sois plus précis.

Elle le taquinait. Elle avait toujours aimé le taquiner.

Cassandra se tourna vers Marco. Plus les années passaient, plus elle le trouvait beau.

— Maintenant, répondit-il enfin. Mais je crois qu'en fait, je sais à quoi tu penses.

— Vraiment ? Et comment est-ce possible ?

— Je vois tes yeux briller. Je te sens devenir plus douce entre mes bras, plus chaude, plus souple…

— Ton choix de mots est intéressant : c'est exactement le contraire qui se passe chez toi ! plaisanta-t-elle.

Elle rejeta la tête en arrière pour permettre à son superbe époux de l'embrasser dans le creux du cou, comme elle aimait tant. Elle ne pouvait pas résister à la sensualité de ses baisers, la tentation était trop forte.

— Alors, ma chérie, dis-moi tout : à quoi pensais-tu quand tu avais ce regard rêveur ?

— Je me disais que nous ne pouvions échapper à notre destin.

Elle se plaqua un peu plus contre lui. Elle mourait d'envie

de sentir sa chaleur si virile irradier tout son corps et lui faire toucher les étoiles.

— Notre destin ?

— Toi et moi, avec nos enfants, ici, en Toscane. Je ne sais pas pourquoi je n'y ai pas pensé plus tôt. Nous sommes à la campagne, et en même temps pas trop loin de Rome. Quentin et Paolo peuvent nous rendre visite fréquemment. Leur relation est d'ailleurs une autre des conséquences de la soirée caritative tu m'as imposée, autrefois.

— Quentin et Paolo sont bons amis, fit Marco en fronçant les sourcils.

— Plus que cela, je crois…

— Ils sont avec le bébé et Luca ?

— Oui, et ma marraine aussi. La dernière fois que j'ai jeté un coup d'œil, tous les cinq se reposaient dans la maison avant l'ouverture des jardins.

— Ce qui nous laisse du temps pour…

Sans finir sa phrase, ni laisser à Cassandra le temps de protester, il la prit par la main et l'entraîna vers la roseraie qu'elle avait dessinée et créée lorsqu'ils avaient décidé d'ouvrir les jardins au public, l'année précédente.

— Non, il n'y a pas le temps, Marco !

Il l'allongea sur l'herbe.

— Arrête, protesta-t-elle, je dois avoir l'air respectable devant les visiteurs ! Sinon, que vont-ils penser ?

— Ne t'inquiète pas. Tout le monde trouvera normal que la jardinière en chef ait un peu d'herbe dans les cheveux. Je voulais juste te montrer à quel point je t'aime et combien notre famille est importante pour moi. Avant de te rencontrer, je n'avais jamais imaginé vivre une telle vie. Je croyais que le bonheur, ce n'était pas pour moi.

— Et moi, je n'imaginais pas rencontrer un jour un homme comme toi. Lorsque je travaillais accroupie dans la terre et que tu es arrivé en hélicoptère, ma première pensée a été de te donner un bon coup de râteau dans les fesses pour te faire déguerpir. Tu troublais ma tranquillité !

Marco éclata de rire, puis jeta un coup d'œil à sa montre.

— Je déteste l'idée de ne pas profiter de ce bel après-midi. Je crois cependant que tu as raison, il est l'heure d'aller accueillir le public.

Cassandra suivit son regard vers le portail. Au loin, elle voyait déjà arriver les premiers visiteurs. Elle se releva d'un bond.

— Mais c'est terrible ! Je ne suis pas présentable !

— Rentre te préparer, je m'occupe d'eux.

— Nous formons une belle équipe, dit-elle en décochant à Marco son plus beau sourire.

— La meilleure du monde.

Son fils de trois ans sur les épaules, Marco baissa les yeux vers sa fille, Christina, endormie à l'ombre dans sa poussette. Il se tourna alors vers sa femme, cette femme qui avait donné un sens à sa vie — et qui avait créé un magnifique jardin.

Comme ses fleurs, Cassandra s'était épanouie depuis qu'il l'avait rencontrée. Un fils, puis une fille : les petites graines avaient bien poussé, grâce à l'amour de leur mère, son amante, sa meilleure amie, sa femme, l'amour de sa vie.

Aujourd'hui, Cassandra travaillait comme paysagiste tout en s'occupant des enfants. Maria et Giuseppe faisaient partie de la famille, ainsi que Quentin et Paolo ; et bien sûr la marraine de Cassandra, qui vivait avec eux en Toscane lorsqu'elle n'était pas en Australie auprès de son fils.

Marco était heureux. Il avait enfin fait la paix avec son passé.

Cassandra donna leur goûter aux enfants, puis sortit dans le jardin. Marco était un peu plus loin, en train de couper du bois, torse nu. Elle s'arrêta et le dévora du regard. Jamais elle ne se lasserait d'admirer son corps d'Apollon, bronzé, musclé, puissant.

Elle approcha. Il était sale, il transpirait, exactement comme elle, le jour de leur rencontre. Sans un mot, il posa sa hache, la prit par la main, et l'entraîna vers la maison.

Les enfants faisaient la sieste. Marco l'attira vers la chambre, puis vers leur salle de bains et ouvrit les robinets de la douche.

— Marco, je suis habillée !

— Plus pour longtemps, ma chérie.

Il prit son visage en coupe et l'embrassa langoureusement, électrisant aussitôt tous les sens de Cassandra.

— Sais-tu combien je t'aime ?

— Bien moins que moi je t'aime. Mais je vais être trempée !

— Tu es ma femme, la mère de mes enfants, mon amie, ma maîtresse, la femme que j'aime plus que tout. Plus que la vie.

Elle éclata de rire. Après tout, tant pis si ses vêtements étaient mouillés. L'amour de l'homme de sa vie la réchaufferait.

Retrouvez en mars,
dans votre collection

Azur

Cet odieux chantage, de Cathy Williams - N°3805

MARIAGE ARRANGÉ

Si elle veut recouvrer sa liberté, elle devra consommer son union avec Dio. Horrifiée, Lucy peine à croire à l'odieux chantage que lui impose son époux. Dès le début, pourtant, les choses étaient claires entre eux : leurs vœux de mariage ne seraient rien de plus que les termes d'un contrat d'affaires, et Lucy, qui s'est promis de ne donner son corps qu'à un homme qui l'aimerait, avait refusé d'offrir sa virginité à Dio. Mais aujourd'hui, alors qu'il la menace de ne pas signer les papiers du divorce si elle ne lui cède pas et qu'elle ne peut plus supporter cette mascarade, a-t-elle vraiment le choix ?

L'épouse d'Alessandro Ferrante, de Dani Collins - N°3806

Octavia est outrée : comment son mari, le puissant Alessandro Ferrante, peut-il exiger qu'elle rentre avec lui à Naples ? Après l'avoir laissée seule à Londres pendant sa grossesse et avoir manqué la naissance de leur enfant, il ose encore la soumettre à sa volonté ? Octavia en est consciente, Alessandro n'a pas l'habitude qu'on lui résiste. Cette fois, pourtant, il pourra bien tout tenter pour la faire changer d'avis, elle ne cédera pas. Maintenant qu'elle a un fils, elle ne peut plus se permettre de tout accepter par amour pour Alessandro, et sa décision est prise : elle le quittera…

Le secret d'une nuit de passion, de Lynne Graham - N°3807

Une nuit, une seule, au cours de laquelle elle a cédé à l'attirance irrésistible qu'elle éprouvait pour un inconnu… et la voilà enceinte ! Sous le choc, Grace ne sait comment réagir. Cacher à Leo sa paternité ne serait pas juste, elle le sait. Mais, malgré l'alchimie parfaite qui a opéré entre eux ce soir-là, Grace le connaît à peine. Tout ce qu'elle sait, c'est qu'un tel imprévu risque de fortement contrarier l'avenir tout tracé de ce séduisant homme d'affaires. Car aujourd'hui Leo Zikos est fiancé à une belle héritière censée lui assurer un avenir professionnel florissant…

Une bouleversante révélation, de Louise Fuller - N°3808

J'ai fait de toi mon épouse, et tu m'as rejeté sans pitié. Prudence sent le souffle lui manquer. Non seulement elle ne s'attendait pas – en acceptant cette mission d'expertise d'art – à tomber nez à nez avec Laszlo Cziffra, l'homme qu'elle a quitté sept ans plus tôt, mais sa déclaration la laisse sous le choc. Laszlo n'a tout de même pas cru qu'ils s'étaient *vraiment* mariés ? Le simulacre de cérémonie qu'ils ont célébré à l'époque n'était pas plus réel que son amour pour elle... c'est impossible ! Pourtant, le regard qu'il lui lance finit de la convaincre : il lui dit la vérité. L'homme qui lui a brisé le cœur en la laissant partir et qu'elle s'est juré d'oublier est toujours son mari... et aussi, désormais, son nouveau client.

Un impérieux désir, de Susanna Carr - N°3809

Après des années d'absence, Jodie est de retour à Athènes avec une seule idée en tête : renouer avec son père. Mais face à l'hostilité que lui témoigne son demi-frère par alliance, l'ardent Stergios Antoniou, elle n'est pas sûre d'y parvenir. Ce dernier ne la soupçonne-t-il pas, en effet, d'être revenue en Grèce dans le seul but de nuire à sa famille ? Et ne lui promet-il pas de tout faire pour l'en éloigner définitivement ? Pourtant, Jodie n'est pas dupe : si l'atmosphère entre eux est aussi explosive, c'est à cause du désir irraisonné qu'ils éprouvent l'un pour l'autre. Quoi qu'il en soit, elle ne se laissera pas faire. Son père est la seule famille qui lui reste, et elle n'y renoncera pour rien au monde...

Piégée par le cheikh, de Caitlin Crews - N°3810

Enceinte, seule et en fuite. Jamais Sterling n'aurait imaginé se retrouver dans pareille situation un jour... Pourtant, lorsqu'elle apprend que Rihad al-Bakri, le redoutable souverain du royaume du golfe Persique, est arrivé à New York, elle comprend qu'elle doit partir au plus vite, là où personne ne pourra la retrouver. Car si Rihad vient à découvrir qu'elle est enceinte, il ne lui laissera pas le choix : il l'emmènera, de gré ou de force, dans son royaume, pour faire de son bébé son héritier. Seulement, pour Sterling, il est hors de question de se retrouver à la merci d'un roi si impitoyable, aussi irrésistible soit-il...

A la merci du milliardaire, de Michelle Reid - N°3811

Comment Leo ose-t-il l'accuser d'avoir détourné les fonds de son entreprise ? Natasha est abasourdie. L'arrogance de ce milliardaire grec n'a-t-elle donc aucune limite ? Jamais elle ne pourrait se rendre coupable de telles malversations ! Malheureusement, les preuves l'accablent. Par elle ne sait quel moyen, l'argent dérobé sera effectivement transféré sur son compte dans six semaines. Six semaines qu'elle doit passer seule à Athènes avec Leo, qui exige en effet qu'elle séjourne avec lui jusqu'à ce qu'elle lui ait remboursé le dernier centime. Si elle refuse, il la livrera à la police. Contrainte d'accepter, Natasha s'en fait pourtant la promesse : elle prouvera à cet homme impitoyable qu'elle n'est pas la femme malhonnête qu'il croit...

Une fiancée pour Jake Ravensdale, de Melanie Milburne - N°3812

SÉRIE : SCANDALE CHEZ LES RAVENSDALE - 3E VOLET

Je suis la fiancée de Jake Ravensdale. Jasmine se surprend elle-même en prononçant ces mots, mais ce n'est que lorsqu'elle croise le regard stupéfait de Jake qu'elle prend conscience des conséquences de sa déclaration. Elle souhaitait simplement lui venir en aide : cet incorrigible et célèbre play-boy n'est-il pas harcelé par une femme dont il ne veut pas ? Inutile de s'affoler, se rassure Jasmine. Certes, les médias vont se délecter de cette histoire, mais il suffira que Jake leur annonce leur rupture d'ici quelques semaines. En attendant, pour elle, le plus dur reste à faire : convaincre le monde entier qu'elle est folle amoureuse de Jake, sans pour autant mettre en danger son cœur, qu'il a déjà brisé des années auparavant...

L'héritier secret des Kalliakis, de Michelle Smart - N°3813

SÉRIE : LA FIERTÉ DES KALLIAKIS - 2E VOLET

En acceptant de rédiger la biographie du roi d'Agon, Joanne n'avait qu'une ambition : faire son travail et gagner assez d'argent pour vivre confortablement avec son fils de quatre ans. Une décision qu'elle regrette pourtant, maintenant qu'elle se retrouve face à Theseus, l'irrésistible prince Kalliakis. Ou plutôt devrait-elle dire Theo. Car n'est-ce pas de cette façon qu'il s'est présenté lorsqu'ils se sont rencontrés, cinq ans plus tôt ? Pas étonnant qu'elle n'ait jamais réussi à le retrouver, puisque tout ce qu'il lui a dit, au cours de la nuit de passion qu'ils ont partagée alors n'était qu'un tissu de mensonges ! Aussitôt, la décision de Jo est prise : elle doit à tout prix lui cacher l'existence de son fils. Car, si Theseus vient à apprendre qu'elle a eu un enfant de lui, il pourrait vouloir les séparer...

La maîtresse secrète, de Marion Lennox - N°3814

SAGA : LE ROYAUME DES KAREDES - 3E VOLET

Jamais Holly n'aurait pensé revoir Andreas, le prince d'Aristos avec lequel elle a vécu une idylle passionnée, alors qu'elle n'avait que dix-sept ans. Pendant les quelques mois qu'avait duré le séjour d'Andreas en Australie, Holly n'avait pu s'empêcher de faire les rêves de bonheur les plus fous. Mais Andreas l'avait quittée pour rejoindre son destin : diriger Aristos avec son père, et épouser une femme digne de son rang. Seulement voilà qu'aujourd'hui la presse menace de dévoiler cette liaison qu'ils ont eue dix ans auparavant, et de révéler qu'un enfant est né de cette union illégitime. Ayant appris cela, Andreas exige que Holly quitte l'Australie pour venir s'installer à Aristos... et l'épouser !

Composé et édité par HarperCollins France.

Achevé d'imprimer en janvier 2017.

CPI
BLACK PRINT

Barcelone

Dépôt légal : février 2017.

Pour limiter l'empreinte environnementale de ses livres, HarperCollins France s'engage à n'utiliser que du papier fabriqué à partir de bois provenant de forêts gérées durablement et de manière responsable.

Imprimé en Espagne.